藍 小 說 65

查令十字路84號

海蓮·漢芙◎著
陳建銘◎譯

目錄

有這一道街，它比整個世界還要大

唐諾

乍讀這本書稿時，我一直努力在回想，查令十字路84號這家小書店究竟是長什麼個模樣（我堅信寫書的海蓮‧漢芙不是胡謅的，在現實世界中必然有這麼一家「堅實」存在的書店），我一定不止一次從這家書店門口走過，甚至進去過，還取下架上的書翻閱過──《查令十字路84號》書中，通過一封1951年9月10日海蓮‧漢芙友人瑪莘的書店尋訪後的信，我們看到它是「一間活脫從狄更斯書裡頭蹦出來的可愛鋪子」，店門口陳列了幾架書（一定是較廉價的），店內則放眼全是直抵天花板的老橡木書架，撲鼻而來全是古書的氣味，那是「混雜著黴味兒、長年積塵的氣息，加上牆壁、地板散發的木頭香……」，當然，還有一位五十開外年紀、以老英國腔老英國禮儀淡淡招呼你的男仕（稱店員好像不禮貌也不適切）。

但這不也就是半世紀之後今天、查令十字路上一堆老書店的依然長相嗎？──如此懸念，讓我再次鼓起餘勇、生出遠志，很想再去查令十字路仔細查看一次，對一個有抽菸習性又加上輕微幽閉恐懼毛病如我者，這長達廿小時的飛行之旅，我自以為是個很大的衝動而且很英勇的企圖不是嗎？

然而，不真的只是84號書店的誘引，我真正想說的是，如果說從事出版工作的人，或僅僅只是喜愛書籍、樂於閱讀的人得有一處聖地，正如同麥加城之於穆斯林那樣，短短人生說什麼也都得想法子至少去它個一次，那我個人以為必定就是查令十字路，英國倫敦這道無

以倫比的老書街,全世界書籍暨閱讀地圖最熠熠發光的一處所在,捨此不應該有第二個答案。

至少,本書譯者一定會支持我的武斷——就我個人的認識,陳建銘正是書籍閱讀世界的此道中人。一般,社會對他的粗淺身分辨識,是個優美、老英國典雅風味卻內向不擅長議價的絕佳書版美術設計者,但這本書充分暴露了他的原形,他跳出來翻譯了此書,而且還在沒跟任何出版社聯繫且尚未跟國外購買版權的情況下就先譯出了全書(因此,陳建銘其實正是本書的選書人),以他對出版作業程序的理解,不可能不曉得其後只要一個環節沒配合上,所有的心血當場成為白工,但安靜有條理的陳建銘就可以因為查令十字路忽然瘋狂起來。

這是我熟悉、喜歡、也經常心生感激的瘋子,在書籍和閱讀的世界中,他們人數不多但代代有人,是這些人的持續存在,且持續進行他們一己「哈薩克人式的小小遊擊戰」(借用赫爾岑的自況之言),才讓強大到幾近無堅不摧的市場法則,始終無法放心的遂行其專制統治,從而讓書籍和閱讀的世界,如漢娜·鄂蘭談本雅明時說的,總是在最邊緣最異質的人身上,才得到自身最清晰的印記。

在與不在的書街

《查令十字路84號》這部美好的書,係以1949年至1969年止長達廿年流光,往復於紐約和倫敦小書店的來往信函交織而成——住紐約的女劇作家買書、任職「馬克與柯恩書店」的經理法蘭克·鐸爾負責尋書寄書,原本是再乏味不過的商業行為往來,但很快的,書籍擊敗了商業,如房龍所曾說的「一個馬槽擊敗了一個帝國」(當然,在書籍堆疊的基礎之上,一開始是漢芙以她莽撞如火的白羊座人熱情鑿開缺口,尤其她不斷寄送雞蛋、火腿等食物包裹給彼時因戰爭物資短缺、

仰賴配給和黑市的可憐英國人），人的情感、心思乃至於咫尺天涯的友誼開始自由流竄漫溢開來。查令十字路那頭，他們全體職員陸續加入（共六名），然後是鐸爾自己的家人（妻子諾拉和兩個女兒），再來還有鄰居的刺繡老太太瑪麗・褒頓；至於紐約這邊，則先後有舞台劇女演員瑪莘、友人吉妮和艾德替代漢芙實地造訪「她的書店」，惟遺憾且稍稍戲劇性的是，反倒漢芙本人終究沒能在一切落幕之前踩上英國，實踐她念念不忘的查令十字路之旅。全書結束於1969年10月鐸爾大女兒替代父親的一封回信，鐸爾本人已於1968年底腹膜炎病逝。

一樣產自於英國的了不起小說家葛林，在他的《哈瓦那特派員》中這麼說：「人口研究報告可以印出各種統計數值、計算城市人口，藉以描繪一個城市，但對城裡的每個人而言，一個城市不過是幾條巷道、幾間房子和幾個人的組合。沒有了這些，一個城市如同隕落，只剩下悲涼的記憶。」──是的，1969年之後，對海蓮・漢芙來說，這家書店、這道書街已不可能再一樣了，如同隕落，只因為「賣這些好書給我的好心人已在數月前去世了，書店老闆馬克先生也已不在人間」，這本《查令十字路84號》於是是一本哀悼傷逝的書，紀念人心在廿年書籍時光中的一場奇遇。

但海蓮・漢芙把這一場寫成書，這一切便不容易再失去一次了，甚至自此比她自身的生命有了更堅強抵禦時間沖刷的力量──人類發明了文字，懂得寫成並印製成書籍，我們便不再徒然無策的只受時間的擺弄宰制，我們甚至可以局部的、甚富意義的擊敗時間。

書籍，確實是人類所成功擁有最好的記憶存留形式，記憶從此可置放於我們的身體之外，不隨我們肉身朽壞。

也因此，那家書店，當然更重要是用一本一本書鋪起來的查令十字路便不會因這場人的奇遇嘎然中止而跟著消失，事實上，它還會多

納入海蓮‧漢芙的美好記憶而更添一分光暈色澤，就像它從不間斷納入所有思維者、紀念者、張望者、夢想者的書寫一般，所以哀傷的漢芙仍能鼓起餘勇的說：「但是，書店還是在那兒，你們若恰好路經查令十字路84號，代我獻上一吻，我虧欠它良多……」

這是不會錯的，今天，包括我個人在內，很多人都可以證實，查令十字路的確還在那兒，我是過了十多年之後的八〇年代、九〇年代去的，即便84號的「馬克與柯恩書店」很遺憾如書末註釋說的，沒再撐下去，而成為「柯芬園唱片行」，但查令十字路的確還好好在那裡。

一道時間大河

查令十字路，這個十字不是指十字路口，而是十字架的意思，事實上它是一道長約一公里許的蜿蜒市街，南端直抵泰晤士河，這裡是最漂亮的查令十字路車站，如一個美麗的句點，往北路經國家藝廊，穿過蘇活區和唐人街，旁及柯芬園，至牛津街為止，再往下走就成了托登罕路，很快就可看到著名的大英博物館（大英博物館一帶又是另一個書店聚集處，但這裡以精印的彩色大版本藝術書為主體）。

老英國老倫敦遍地是好東西，這是老帝國長而輝煌的昔日一樣樣堆疊下來的，如書中漢芙說的（類似的話她說了不止一回）：「記得好多年前有個朋友曾經說：人們到了英國，總能瞧見他們想看的。我說，我要去追尋英國文學，他告訴我：『就在那兒！』」

然而，和老英國其他如夕暉晚照榮光事物大大不同之處在於，查令十字路不是遺跡不是封存保護以待觀光客拍照存念的古物，它源遠流長，但它卻是active，現役的，當下的，就在我們談話這會兒仍孜孜勤勤勞動之中，我們可同時緬懷它並同時使用它，既是歷史從來的又是此時此刻的，這樣一種奇特的時間完整感受，仔細想起來，不正

正好就是書籍這一人類最了不起發明成就的原來本質嗎？我們之所以喪失了如此感受，可能是因為我們持續除魅的現實世界已成功一併驅除了時間，截去了過去未來，成為一種稍縱即逝卻又駐留不去的所謂「永恆當下」——有生物學者告訴我們，人類而外的其他動物和時間的關係極可能只有這樣，永恆的當下，記憶湮渺只留模糊的鬼影子，從而也就產生不來向前的有意義瞻望，只剩如此窄迫不容髮的時間隙縫，於是很難容受得了人獨有的持續思維和精緻感受，只有不占時間的本能反射還能有效運作，這其實就是返祖。

更正確的說，查令十字路的時間景觀，指的不單單是它的經歷、出身以及悠悠存在歲月，而是更重要的，就算你不曉得它的歷史沿革和昔日榮光，你仍可以在乍乍相見那一刻就清晰捕捉到的即時景觀，由它林立的各個書店和店中各自藏書所自然構成——查令十字路的書店幾乎每一家一個樣，大小、陳列佈置、書類書種、價格、以及書店整體氛圍所透出的難以言喻鑑賞力、美學和心事。當然，書店又大體參差為一般新書書店和二手古書店的分別，拉開了時間的幅員，但其實就算賣新書的一般書店，彼此差異也是大的，各自收容著出版時日極不一致的各色書籍，呈現出極豐碩極細緻的各自時間層次。

不太跨張的說，這於是成了最像時間大河的一條街，更像人類智識思維的完整化石層，你可以而且勢必得一家一家的進出，行為上像進陳列室而不是賣場。

相對來說，我們在台灣所謂的「逛書店」，便很難不是只讓自我感覺良好的溢美之辭。一方面，進單一一家書店比較接近純商業行為的「購買」，而不是帶著班雅明式遊手好閒意味的「逛」，一本書你在這家買不到，大概另一家也就休想；另一方面，「逛」，應該是不完全預設標的物的，你期待且預留著驚喜、發現、不期而遇的空間，但台灣既

沒二手書店，一般書店的書籍進退作業又積極，兩三個月前出版的書，很可能和兩三千年前的出土文物一樣不好找。

連書店及其圖書景觀都是永恆當下的，在我們台灣。

永恆當下的災難

海蓮‧漢芙在書中說到過她看書買書的守則之一，對我們毋寧是極陌生到足以嚇人一跳的，她正色告訴鐸爾，她絕不買一本沒讀過的書，那不是跟買衣服沒試穿過一樣冒失嗎？當然我們沒必要激烈如這位可敬的白羊座女仕，但這其實是很有意思的話，說明舊書（廣義的，不單指的珍版珍藏之書）的購買、收存和再閱讀，不僅僅只是屯積居奇的討人厭行為或附庸風雅的噁心行為而已。這根源於書籍的不易理解，不易完整掌握的恆定本質，尤其是愈好、內容愈豐碩、創見之路走得愈遠的書，往往遠遠超過我們當下的知識準備、道德準備和情感準備，我們於是需要一段或長或短的迴身空間與它相處。好書像真愛，可能一見鍾情，但死生契闊與子成說，執子之手與子偕老的杳遠理解和同情卻總需要悠悠歲月。

因此，從閱讀的需求面來說，一本書的再閱讀不僅僅只是可能，而是必要，你不能希冀自己一眼就洞穿它，而是你十五歲看，二十歲看，四十歲五十歲看，它都會因著你不同的詢問、關注和困惑，開放給你不一樣的東西，說真的，我努力回想，還想不出哪本我真心喜歡的書沒有而且不需要再再重讀的（你甚至深深記得其中片段，意思是你在記憶中持續重讀）；也因此，從書籍取得的供給面來看，我們就應該聰明點給書籍多一點時間、給我們自己多一點機會，歷史經驗一再告訴我們，極多開創力十足且意義重大的書，我們當下的社會並沒那個能力一眼就認得出來，不信的人可去翻閱大名鼎鼎的紐約時報歷來

書評（台灣有其結集成書的譯本），百年來，日後證明的經典著作，他們漏失掉的比他們慧眼捕捉到的何止十倍百倍，而少數捕捉到的書中又有諸如沙林傑的《麥田捕手》或錢德勒的《大眠》被修理得一無是處（理由是髒話太多云云）。一個社會，若意圖在兩星期到一個月內就決定一本書的好壞去留，要求書籍打它不擅長的單敗淘汰賽，這個社會不僅自大愚蠢，而且可悲的一步步向著災難走去。

一種只剩永恆當下的可悲災難。

部份遠大於全體

便是這個永恆當下的災難啟示，讓我們得以在書籍暨閱讀的世界中，推翻一項亙古的數學原理——這是柏拉圖最愛引用的，全體永遠大於部份，但我們曉得事實並不盡然，短短的一道查令十字路，的確只是我們居住世界的一個小小部份，但很多時候，我們卻覺得查令十字路遠比我們一整個世界還大，大太多了。

最是在什麼時候，我們會生出如此詭異的感覺呢？當我們滿心迫切的困惑不能解之時。我們很容易在一本一本書中再再驚異到，原來我們所在的現實世界，相較於既有的書籍世界，懂得的事這麼少，瞻望的視野這麼窄，思維的續航能力這麼差，人心又是這麼封閉懶怠，諸多持續折磨我們的難題，包括公領域和私領域，不僅有人經歷過受苦過認真思索過，甚至還把經驗和睿智細膩的解答好好封存在書中。

從形態上來看，我們眼前的世界往往只有當下這薄薄的一層，而查令十字路通過書籍所揭示的世界圖像，卻是無盡的時間層次疊合而成的，包括我們因失憶而遺失乃至於根本不知有過的無盡過去，以及我們無力也無意瞻望的無盡未來。

看看小彌爾的《論自由》和《論代議政治》，這是足足一百五十年前

就有的書，今天我們對自由社會和民主政治的建構、挫折、一再摔落的陷阱以及自以為聰明的惡意操弄，不好端端都寫在書裡頭嗎？

看看李嘉圖的《政治經濟學原理》，這是兩百年前的書，書中再清晰不過所揭示的經濟學最基本道理和必要提醒，我們今天，尤其手握財經權力的決策者，不還在日日持續犯錯嗎？

或者看看班雅明的《發達資本主義時代的抒情詩人》，這又是超過半個世紀以前的書，而今天，我們的大台北市才剛剛換好新的人行步道、才剛剛開始學習在城市走路並試圖開始理解這個城市不是嗎？

還是我們要問憲法的問題（內閣制、總統制、雙首長制、還有神秘的塞內加爾制）？要問民族主義和民粹主義的問題？問生態環保或僅僅只是整治一條基隆河的問題？問男女平權？問勞工和失業？問選舉制度和選區規劃？問媒體角色和自律他律？或更大哉問的問整體教育和社會價值暨道德危機等等問題？

是的，如海蓮‧漢芙說的，書店還是在那兒。

全世界最便宜的東西

而查令十字路不僅比我們眼前的世界大，事實上，它做得更好——查令十字路不僅有著豐碩的時間層次，還呈現具體的空間分割；它是一道川流不息的時間之街，更是一個個書店、隔間、單一書籍所圍擁成的自在小世界，讓閒步其中的人柳暗花明。

我猜，這一部分原因有歷史的偶然滲入作用而成，比方說，老式的、動輒百年以上的老倫敦建物，厚實堅強的石牆風雨不動的制限了商業流竄的、拆毀一切夷平一切的侵略性格，因此，小書店各自盛開如繁花，即便是大型的綜合性書店，內部隔局也曲折迴旋，每一區塊往往是封閉的、隔絕的，自成洞天，毋寧更像書籍層層架起的讀書閣

覽小房間而非賣場；而且，美國的霸權接收，讓英文不隨老帝國的墜落而衰敗，仍是今天的「準世界語」，仍是普世書籍出版活動的總源頭和薈萃之地，因此，你一旋身，才兩步路便由持續掙扎的東歐世界出來，卻馬上誤入古怪拼字，但極可能正是人類最遠古家鄉非洲黝暗世界，如同安博托‧艾柯在《玫瑰的名字》書中最高潮的驚心動魄一幕——第七天，威廉修士和見習僧艾森終於進入了大迷宮圖書館中一切秘密埋藏所在的非洲之末。

一個無垠無邊的智識世界，卻是由一個個小洞窟構成的。

我尤其喜歡查令十字路的一個個如此洞窟，一方面，這有可能正是人類亙古的記憶存留，是某種鄉愁，像每一代小孩都有尋找洞窟打造洞窟置身洞窟的衝動，有某種安適安全之感，而讀書，從閱讀、思索到著迷，最根柢處，本來就是宛如置身一己洞窟的孤獨活動；另一方面，我總時時想到李維-史陀的話，這些自成天地般洞窟的存在，提供我們逃避的機會，逃避什麼樣的壓迫呢？逃避一種李維-史陀指稱的大眾化現象，意即一種愈發一致的、無趣的、再沒性格可言的普世性可怖壓逼（正是社會永恆當下的呈現），而這些動人的洞窟，正像《愛麗絲夢遊仙境》的樹洞，你穿過它，便掉落到一個完全異質、完全始料未及的世界裡去。

於是，我遂也時時憂慮我們最終仍會失去屬於我們這一代的查令十字路，如同漢芙早已失去她的查令十字路一般，我們的杞憂，一方面是現實中斷續傳來的不利訊息（如商業的腐蝕性只是被減緩，並沒真正被阻止），更是人面對足夠美好事物的很自然神經質反應，你深知萬事萬物持續流變，珍愛的東西尤其不可能一直存留，如朝霞，如春花，如愛情。

但你可以買它——當然不是整條查令十字路，而是它真正賴以存

在、賴以得著意義的書籍，市街從不是有效抵禦時間風蝕的形式，書籍才是，就像漢芙所說：「或許是吧，就算那兒沒有（意指英國和查令十字路），環顧我的四周（意指她從查令十字路買到的書）……我很篤定，它們已在此駐足。」

從事出版已超過半輩子之久，我個人仍始終有個問題得不到滿意的答案：我始終不真正明白人們為什麼不買書？這不是全世界最便宜的一樣東西嗎？一個人類所曾擁有過最聰明最認真最富想像力最偉大的心靈，你不是極可能只用買一件看不上眼衣服的三千台幣就可買下他奇蹟一生所有嗎（以一名作家，一生十本書，一書三百元計，更何況這麼買通常有折扣）？你不是用吃一頓平價午餐的支付，就可得到一個美好的洞窟、以及一個由此聯通的完整世界嗎？

漢芙顯然是同我一國的，她付錢買書，但自掏腰包寄食物還託朋友送絲襪，卻仍覺得自己佔便宜，在1952年12月12日，她說的是：「我打心裡頭認為這實在是一樁挺不划算的聖誕禮物交換。我寄給你們的東西，你們頂多一個星期就吃光抹淨，根本休想指望還能留著過年；而你們送給我的禮物，卻能和我朝夕相處、至死方休；我甚至還能將它遺愛人間而含笑以終。」而在1969年4月11日的最終決算，她仍得到「我虧欠它良多」的結論。

美國當前最好的偵探小說家，同樣也住紐約的勞倫斯‧卜洛克也如此想，他在《麥田賊手》一書，通過一名仗義小偷之口對一名小說家（即沙林傑）說：「這個人，寫了這麼一本書，改變了我們整整一代人，我總覺得我欠他點什麼。」所以──買下它，我指的是書，好好讀它，在讀書時日裡若省下花費，存起來找機會去一趟查令十字路，趁它還在，如果你真的成行並順利到那兒，請代我們獻上一吻，我們都虧欠它良多……

關乎書寫，更關乎距離

陳建銘

　　一九四九年，E‧B‧懷特窩居在紐約市中城區的一家小旅館裡。他坐在「窄得讓人透不過氣、又熱又悶」的房間內揮汗寫下膾炙人口的《紐約漫談》（Here Is New York，此書曾被《紐約時報》評選為「有史以來關於紐約市最佳的十本書之一」），他在裡頭這麼說：「任何人都不該搬到紐約來住，除非他下定決心讓自己好運臨頭。」當然，這位曾寫出《夏綠蒂的網》、《一家之鼠──史都華‧利特爾》、《天鵝的喇叭》等經典童話故事和無數優美、雋永散文的作家，依舊繼續抱持他一貫的知命樂天，倘佯在紐約自由、愉悅的文化天空下。

　　但是與此同時，另一位在這個城市住了將近半輩子的窮作家卻沒有這份好運。她略乏才氣卻嗜讀好書──貨真價實的好書；她嫌這個城市沒有氣質，害她老是買不到想讀的書（在電影版¹的《查令十字路84號》裡，飾演海蓮‧漢芙的女演員一上場就開罵了：「全紐約市沒人讀英國文學啦？」），她只好轉而向倫敦的一家小舊書店郵購那些「這年頭沒人要買的英國佬寫的英文書」（引電影一開始，被漢芙索書不成的美國某書店經理的話）。於是，一樁原本單純的買賣關係竟成就了長達二十年、多人參與的跨海友誼。

　　我的眼界不若漢芙那般高且深，但同為住在另一個沒有氣質的城市裡的愛書人，也偶嘆好書難尋的挑剔讀者，一開始被這本書吸引的，自然是關於「舊書」的部份，但是旋即引我動容的，則是關於書寫──隔著距離的書寫（當然還有閱讀）如何承建偉大的心靈構築工程。

我一直相信：將手書的信件裝入信封，填了地址、貼上郵票，曠日費時投遞的書信具有無可磨滅的魔力——對寄件人、收信者雙方皆然。其中的奧義便在於「距離」——或者該說是「等待」——等待對方的信件寄達；也等待自己的信件送達對方手中。這來往之間因延遲所造成的時間差，大抵只有天然酵母的發菌時間之微妙差可比擬。

我始終不願也不甘臣服於轉瞬出現在對方螢幕上的電子郵件；自然更視ICQ（線上即時對談）為畏途。拜傳統郵政猶運作不輟之賜，我至今仍與老友、至親維持著手寫、投遞信函的老把戲，全然是因為我由衷相信：致力消弭空間、時間的距離純屬不智亦無益。就在那些自以為省下來的時、空縫隙裡，美好的事物大量流失。我指的不僅僅是親筆書寫時遺下的手澤無法取代；更重要的是：一旦交流變得太有效率，不再須要翹首引頸、兩兩相望，某些情意也將因而迅速貶值而不被察覺。我喜歡因不能立即傳達而必須沉靜耐心，句句尋思、字字落筆的過程；亦珍惜讀著對方的前一封信、想著幾日後對方讀信時的景狀和情緒。老電影《街角商店》（The Shop Around the Corner, 1940）晚近被改拍成《電子情書》（You've Got Mail, 1998）[2]，兩者之間出現不少有趣的辯證關係，讀者們不妨自行參酌。

我自私地以為這才是《查令十字路84號》全書的題旨所繫。

從沒「好運臨頭」的漢芙小姐，年屆晚年終於有了僅有的機會，抱著醞釀二十載的懷想，坐在機艙裡（引自電影）奔赴另一座魂牽夢縈的城市。鄰座一名男士問她：「這是妳頭一回去倫敦？」接著他說：「聽我奉勸：別相信計程車司機，明明三條街外的目的地，他會載你兜上五哩路；還有，別白費力氣讀地圖了，在倫敦沒人能找得到路，即使是倫敦人也不例外。」不過，「妳一定會愛上她的，倫敦實在太棒了。」

當我佇立在倫敦街頭，我實在也無法打心底恭維她——街道窄仄、雜蕪；氣候溼冷、灰暗；市容髒亂、交通壅擠——比起台北不遑多讓。但我也終究難免漸漸地——從查令十字路開始——愛上了這座城市（拜漢芙之賜，「查令十字路84號」這個門牌號碼幾乎快與倫敦市的另一個地址「貝克街221號B座」齊名了）。甚至篤定相信她也能讓我事後——隔著距離——對她懷想、惦念個二十年不成問題。

將這本書中譯，想必可以聊償許多愛書人多年以來的期盼。我知道：所有讀過《84, Charing Cross Road》的愛書同好——都如我自己一樣——總將這本小書珍藏在身邊，屢屢重讀，讓漢芙的珠璣妙語和古道熱腸不時溫暖自己被冷硬現實塵覆的凡心；而我相信：中文世界之所以長年不見此書問世，一定是所有珍愛此書的人——也像我自己一樣——不忍絲毫更動書中的每一句話、每一個字。

多年前的某一個下午，在曾經任職的古書店裡，我和鍾芳玲聊起這本書真該有個中文版。對於這個工作，她自然是當仁不讓，而且以她作為此書的頭號死忠書迷；加上她與漢芙本人的私誼，我也十分贊成她是擔任中譯者的不二人選，如今我卻因苦等不及而掠佔了她原先的任務。我相信芳玲也是因為顧及前述的原因，寧可維護漢芙的原貌而遲遲不謀此圖。於是，我在翻譯的過程中雖然儘可能地保留原書的滋味；但我仍須在此報告：我刻意做了極小的更動。除了讓它更能適應中文環境外；我私下盼望這個須臾的「失真」也能轉而成為讓中文版的讀者們動心發願去讀「貨真價實的」漢芙原文的伏筆。

這是我的第一部翻譯作品。倘使這個中譯版本僥倖能稍稍不使原文蒙羞，則首先必須在此感謝小威和建興，銘謝他們夫妻倆前仆後繼，在追索此書版權歸屬的過程中上窮碧落下黃泉、鍥而不捨；還有

推廣實體書店文化不遺餘力的鍾芳玲，他們才是承繼漢芙精神的真正後人，也是讓這本書能有機會進駐更多人心的幕後功臣。

此外，代漢芙向首肯為中文版賜序的唐諾表示感激。我自己常為了讀唐諾的序文而看了一堆原先沒打算看的書，不過這並不全然是我對這個譯本打的如意算盤，而是我曉得查令十字路是他每回在倫敦磨蹭得最久的一條街；何況，若漢芙仍在人間，一定也會找他寫的。

1. 電影《84, Charing Cross Road》於一九八七年出品，由英國導演大衛・修・瓊斯執導；修・懷特摩編劇；安・班克勞馥飾演海蓮・漢芙；安東尼・霍普金斯飾演法蘭克・鐸爾；茱迪・丹屈飾演諾拉・鐸爾。片中每位演員的演出均十分傳神；編、導的成績亦相當不惡（得了一九八八年英國影藝學院的最佳女主角獎並提名最佳改編劇本獎；一九八九年，美國編劇協會更因此頒獎給漢芙與懷特摩）。坊間某些錄影帶租售店或許仍可尋獲代理公司的授權版影帶，要特別留意的是：台譯片名居然成了《迷陣血影》，而影片對白字幕亦慘不忍睹，簡直到了令人坐立難安的地步。我翻譯這本書，多少也想為它贖點兒罪罷。

除了電影，一九七五年由馬克・庫齡漢導演；修・懷特摩編劇，曾在英國以電視單元劇的形態上演。上述電影即根據這一個劇本拍成的。時至今日，歐美地區仍不時有劇團公演由此書改編的舞台劇。

2. 《The Shop Around the Corner》，由殿堂級的大師厄尼斯・劉別謙執導；詹姆斯・史都華與瑪格麗特・蘇拉玟扮演故事中那兩位每日錯身卻不對盤；頻生齟齬而又各自暗自仰慕未謀面筆友的百貨行員工。多年前我曾在專於夜間播映老電影的TNT頻道上觀賞過，至今難忘。

改編後的《電子情書》仍依稀能看出向前作致意的影子，如：女主角匿名通信時的代號為「shop girl」；而她經營的童書店店名赫然就是「Shop Around The Corner」！另外，我也懷疑，她迷戀《傲慢與偏見》一節的神來之筆，則儼然得自《查令十字路84號》。

登場人物：

Helene Hanff＝海蓮・漢芙

F. P. D.

紀念之

東九十五街14號

1949年10月5日

馬克與柯恩書店

英國

倫敦中西二區

查令十字路84號*¹

諸位先生：

　　我在《星期六文學評論》*²上看到您們刊登的廣告，上頭說您們「專營絕版書」。另一個字眼「古書」總是令我望之卻步，因為我老是認為：既然「古」，一定也很「貴」吧。而我只不過是一名對書籍有著「古老」胃口的窮作家罷了。在我住的地方，總買不到我想讀的書，要不是索價奇昂的珍本，就是邦斯與諾伯書店*³裡頭那些被小鬼們塗得亂七八糟的邋遢書。

　　隨信附上一份清單，上面列出我目前最想讀而又遍尋不著的幾本書。如果貴店有符合該書單所列，而每本又不高於五美元的話，可否逕將此函視為訂購單，並將書寄給我？

海蓮・漢芙（小姐）敬上

1949年10月25日

海蓮・漢芙小姐
美國
紐約州，紐約市28
東九十五街14號

敬愛的夫人：

　　謹在此回覆您於本月五日的來函。敝店很榮幸能為您解除三分之二的困擾。您所列出的三篇哈茲里忒*4散文，均收錄於這本Nonesuch出版社*5的《哈茲里忒散文選》內；史蒂文生的文章則在《懇談錄》*6中可以找到。我們挑出兩本品相較好的書為您寄上，相信不久後即可送達您的手中，祈盼您會滿意。隨書將附上帳單乙份，並請查收。

　　至於您提及的李・杭特*7的文章，目前頗不易得見，不過我們會留意是否能找到收羅齊全且裝幀精良的版本，屆時將再為您寄上。而您所描述的拉丁文聖經，目前敝店並無存書，僅有晚近出版、布面精裝普及版的拉丁文和希臘文《新約全書》，不知您是否有興趣？

馬克與柯恩書店
FPD 誠摯敬上

馬克與柯恩書店

英國

倫敦中西二區

查令十字路84號

諸位先生：

今天收到您們寄來的書，史蒂文生的書真是漂亮！把它放進我用水果箱權充的克難書架裡，實在太委屈它。我捧著它，深怕污損它那細緻的皮裝封面和米黃色的厚實內頁。看慣了那些用慘白紙張和硬紙板大量印製的美國書，我簡直不曉得一本書竟也能這麼迷人，光撫摸著就教人打心裡頭舒服。

住在樓上的女孩兒凱特，她的英國男朋友布萊恩幫我將帳單上列的書價一英鎊十七先令六便士換算成美金五元三角，希望他沒算錯。我寄了五元和一元的鈔票各一張，多出來的七角請用來支付《新約全書》，那兩本我都要買。

您們可否行行好？下回先將書價換算成美金。我連簡單的美金加減都一塌糊塗了，要我把英鎊換算成美金真是阿彌陀佛。

海蓮·漢芙敬上

我希望在您們那邊，「夫人」*[8]的意思和我們這邊指的是兩碼事。

馬克與柯恩書店
倫敦中西二區查令十字路84號

海蓮・漢芙小姐
美國
紐約州，紐約市28
東九十五街14號

敬愛的漢芙小姐：

　　您寄來的六元書款已悉數收到，不過我們建議您不妨改以郵政劃撥的方式付款，如此不但對您我雙方都較為便利；亦比直接將鈔票放入信封內要保險得多。

　　我們非常高興得知您如此喜歡那本史蒂文生的書。兩本《新約全書》已於今日付郵，帳單亦一併附上，同時依照您的囑咐，將書款分別以英鎊與美金計價。我們期盼您也會喜歡此次寄去的兩本書。

馬克與柯恩書店
FPD 誠摯敬上

這算哪門子新約聖經啊！

　　好心替我轉告英國聖公會諸公，他們平白糟蹋了有史以來最優美的文章。是哪個傢伙出餿主意把拉丁文聖經整成這副德性？他們全都活該下十八層地獄，你記住我的話準沒錯。

　　其實我犯不著火冒三丈，我本身是猶太人。不過我的嫂子是天主教徒；弟媳是衛理公會的；還有一票皈依長老教派的表親（全是被我的亞伯拉罕叔公拉去改宗的）；還有一個到處宣揚基督信仰療法的姑媽。他們要是知道有這麼一本英國人搞出來的不三不四拉丁文聖經，個個不暴跳如雷才怪！（話說回來，他們搞不好根本不曉得現在還有拉丁文哩。）

　　哼，去他的！我手邊還有一本從我的拉丁文老師那兒借來的聖經，暫且先不還他就是了，等你們找一本賣給我再說。

　　寄去四元支付我欠你們的三元八角八分，你就拿多出來的一角二去買杯咖啡喝吧！我住的地方附近沒有郵局，我才不要為了劃撥三元八角八分，大老遠跑到洛克斐勒廣場去大排長龍呢。何況，如果要等到我哪天有空順道去辦事，口袋裡的三元八角早就被我花得一毛不剩了。我對美國郵政和皇家郵政有十足的信心。

　　你們有蘭鐸*9的《假想對話錄》嗎？我想全套應該不只一本，我想讀的是〈希臘對話錄〉，如果你們看到有伊索*10和蘿多彼*11的對話，就是那一本沒錯。

海蓮・漢芙

馬克與柯恩書店

倫敦中西二區查令十字路84號

1949年11月26日

海蓮‧漢芙小姐

美國

紐約州，紐約市28

東九十五街14號

敬愛的漢芙小姐：

　　您的書款已安全寄達，我們會將多出的一角二分先計入您在敝店的專屬帳戶中。

　　很湊巧地，敝店正好有收錄〈希臘對話錄〉的《華特‧薩瓦吉‧蘭鐸作品暨傳記全集》中的第二卷，〈羅馬對話錄〉亦收錄其中。由於本書為一八七六年出版的舊版本，並不是非常漂亮，但裝釘完好，書亦稱乾淨。我們今日會將書與帳單一併為您寄上。

　　我在此為那本讓您深感不滿的拉丁文聖經向您致歉，我們將重新為您找一本正宗《通俗拉丁文聖經》*12；李‧杭特的書仍持續密切留意中。

馬克與柯恩書店

FPD 誠摯敬上

敬啟者：（老用「諸位」著實不智，我察覺從頭到尾顯然都是同一個人
為我服務）

　　薩瓦吉・蘭鐸的書今天寄達，我迫不及待立即翻開〈羅馬對話錄〉
——兩座城市剛毀於兵燹戰火，塗炭生靈被釘在十字架上，苦苦哀求
列隊行過的羅馬士兵，乾脆一戟刺死他們，好儘早結束這永無止盡的
折磨……；再翻到〈希臘對話錄〉，情境有了一百八十度的轉換：讀著
伊索和蘿多彼的娓娓對談，這裡唯一的憂慮只是怕餓著了肚子……。
我著實喜愛被前人翻讀過無數回的舊書。上次《哈茲里忒散文選》寄達
時，一翻開就看到扉頁上寫著「我厭惡讀新書」，我不禁對這位未曾謀
面的前任書主肅然高呼：「同志！」

　　隨函附上一元，布萊恩（樓上女孩凱特的英國男朋友）說這夠付我
欠你的八先令，你又忘了換算了。

　　言歸正傳，布萊恩告訴我：你們每一戶每個星期才配給到兩盎司
肉；而每個人每個月只分得一顆雞蛋！我一聽簡直嚇壞了。他拿出一
本目錄給我看，這是一家設籍在美國的英國公司，專門代人從丹麥寄
送補給物資到英國。所以我會寄給馬克與柯恩書店一份小小的聖誕禮
物，希望數量足夠讓你們大家都能分得一些，因為布萊恩跟我說：查
令十字路上的書店全都「小得很」。

　　我會在包裹上註明由你——FPD——代轉，天曉得你叫啥。

　　祝　佳節愉快

　　　　　　　　　　　　　　　　　　　　　　海蓮・漢芙

FPD！糟了！

　　我剛把包裹寄走，裡頭有一條六磅重的火腿，我想你們應該可以自己拿到肉販那兒，請他切片後再平分給大家。

　　不過我剛剛才發現你們寄來的帳單上頭印著「B・馬克、M・柯恩」。

　　他們是猶太人嗎？我該火速補寄點兒牛舌嗎？

　　快通知我該怎麼辦！

海蓮・漢芙

馬克與柯恩書店
倫敦中西二區查令十字路84號

1949年12月20日

海蓮・漢芙小姐
美國
紐約州，紐約市28
東九十五街14號

親愛的漢芙小姐：

　　謹在此向您報告，您的禮品包裹於今日平安抵達，並已均分給大家。而馬克先生和柯恩先生則堅持只由員工均分即可，不用關照「老闆」。再者，我想讓您知道，您所寄來的物品，我們不是久未看到，就是只能偶爾在黑市匆匆一瞥。您能這樣子顧慮我們，實在是太親切也太慷慨了，我們都深懷感激。

　　我們要在此表達對您的感謝，並祈祝您未來一年一切順心。

馬克與柯恩書店
法蘭克・鐸爾誠摯敬上

法蘭克‧鐸爾！你在幹嘛？我啥也沒收到！你該不是在打混吧？

李‧杭特呢？《牛津英語詩選》呢？《通俗拉丁文聖經》和書呆子約翰‧亨利*13的書呢？我好整以暇，等著這些書來陪我過四旬齋*14，結果你連個影兒也沒寄來！

你害我只能枯坐在家裡，把密密麻麻的註記寫在從圖書館借來的書上。哪天要是讓他們發現了，包準吊銷我的借書證。

我已經叫復活節兔子給你捎顆「蛋」，希望牠抵達時不會看到你已經全身癱瘓了！

春意漸濃，我想讀點兒情詩。別給我寄濟慈或雪萊！我要的是款款深情而不是口沫橫飛。懷亞特*15還是瓊森*16或誰的，該寄什麼給我，你自己動點兒腦筋！最好是小小一本，可以讓我輕鬆塞進口袋裡，帶到中央公園去讀。

行啦！別老坐著，快去把它找出來！真搞不懂你們是怎麼做生意的！

馬克與柯恩書店
倫敦中西二區查令十字路84號

1950年4月7日

海蓮・漢芙小姐
美國
紐約州，紐約市28
東九十五街14號

親愛的漢芙小姐：

　　感謝您寄來的復活節禮物，包裹已於昨日平安寄達。看到這些罐頭和那一盒生雞蛋，大家都十分開心，全體同仁與我在此感激您對我們的親切與慷慨。

　　非常抱歉我們一直沒能寄上您想要的書。關於您所提到的情詩集，敝店偶爾會收購到一些，可惜店內目前沒有存書，但我會竭力為您蒐尋。

　　再次感謝您寄來的禮物包裹。

馬克與柯恩書店
法蘭克・鐸爾誠摯敬上

馬克與柯恩書店
倫敦中西二區查令十字路84號

1950年4月7日

親愛的漢芙小姐：

　　請不要讓法蘭克知道我寫信給您。我每回寄帳單給您時，都好想偷偷塞一張短箋到信封裡。不過法蘭克一定會認為：以我的職務這麼做並不適當。您聽到我這麼說，大概會以為他是個老古板吧？其實他是一個好得不能再好的人。只是每次您寄到書店的信或包裹都以他為收信人，而且他也將回信給您視為他的份內職責。不過我倒是一直很想自己給您寫信。

　　我們都好喜歡讀您的來信，大夥兒也常湊在一起揣摩您的模樣兒。我堅信您一定是一位年輕、有教養且長相聰慧的人；而老馬丁先生竟無視您流露出來的絕頂幽默，硬要把您想成一個學究型的人。您願意寄一張您的照片給我們嗎？我們都很想瞧瞧呢！

　　如果您也對法蘭克感到好奇的話，我偷偷告訴您：他年近四十，長得很帥，娶了一位漂亮的愛爾蘭姑娘——好像是他的第二任太太。

　　大家對這些包裹都萬分感激。我家裡那兩個小傢伙（女孩五歲、男孩四歲）簡直樂翻了，因為有了您寄來的葡萄乾和雞蛋，我就能為他們烤個蛋糕了！

　　希望您不介意我私下寫信給您，也請不要告訴法蘭克囉。

　　誠心祝福您

　　　　　　　　　　　　　　　　　　　　賽西兒・法爾敬上

P.S. 我將家裡的地址寫在信封背後，萬一您要我從這兒寄點兒什麼給您，儘管寫信告訴我。

親愛的賽西兒：

真是讓老馬丁先生大失所望了，請轉告他：我非但一丁點兒學問都沒有，連大學也沒上過哩！我只不過碰巧喜歡看書罷了。說起來還得感謝一位劍橋的學者奎勒－庫奇*¹⁷（一般都稱他為Q），是他讓我在十七歲那一年一頭栽進書堆裡，從此不可自拔。至於我的長相，大概就跟百老匯街上的叫化子一樣「聰慧」吧！

我住在一幢白蟻叢生、搖搖欲墜、白天不供應暖氣的老公寓裡。整幢五層樓的其他住戶早上九點出門，不到晚上六點不會回來，房東認為他犯不著為了一個窩在家裡搖筆桿的小作家，而整天開著暖氣。

可憐的法蘭克，真是難為他了，我老是對他頤指氣使。我只是虛張聲勢，結果他全當了真。我就是好捉狹，他越溫文儒雅，我偏偏越愛去逗弄他那英國式的矜持。哪天他要是得了胃潰瘍，都是我害的。

請多來信告訴我關於倫敦的一切。我幻想著那一天快點到來——我步下輪船、火車，踩上佈著塵灰的人行道……我要走遍柏克萊廣場、逛盡溫柏街；我要置身在約翰·多恩*¹⁸佈道的聖保羅大教堂；我要趺坐在依莉沙白拒為階下囚*¹⁹的倫敦塔前台階上……。我有一位戰時派駐在倫敦的記者朋友，他曾經對我說：遊客往往都先打好了主意，而他們總能在英國瞧見他們想看的。我告訴他，我去英國是為了探尋英國文學。他這麼告訴我：「去那兒準沒錯。」

祝一切安好

　　　　　　　　　　　　　　　　　海蓮·漢芙

1950年9月20日

親愛的漢芙小姐：

自前封信以來，許久未向您報告，盼您不致認為我們因弛廢店務而忘卻了您交代我們該找的書。

言歸正傳，《牛津英語詩選》新近到庫，此書內頁以印度紙*20印製、原版的藍布精裝，出版於一九〇五年，蝴蝶頁有前人簽記，算是一本書況不錯的二手書，標價二美元。我們認為在逕自寄給您之前，應先向您略述此書的狀況，以免您在這段時間內已另行購得一冊。

許久以前，您曾垂詢紐曼的《大學論》一書的下落。您是否鍾意首版書？最近我們收購到一冊，謹描述如下：

紐曼（約翰·亨利，神學博士）：《大學教育之目的及其本質——應都柏林天主教會之邀所作的演說之講義稿》。首版，八開，小牛皮裝幀。一八五二年於都柏林出版，若干頁面稍有漬斑但裝幀完好。

價格：美金六元

為了避免讓別人捷足先登，這兩本書我們會先為您保留。靜候您的回覆。

祝 身體健康

馬克與科恩書店
法蘭克·鐸爾誠摯敬上

（他手上有只賣六元的首版《大學論》，竟然還問我要不要買！真不曉得該說他老實呢，還是憨？）

親愛的法蘭克：

是的！我要！我真是快受不了我自己了，本來我並不特別講究什麼首版不首版的，可是，「那本書」的首版……！

嘩——我真迫不及待想看到它。

也請把《牛津詩選》一併寄來。下回可別再納悶我有沒有跟別人買書了。既然我寸步不離書桌，就能向你們買到既乾淨又漂亮的書，我幹嘛跑到十七街去買那些又髒又醜的？從我坐著的地方，倫敦可近得太多啦。

附上「千萬不能掉了」的八元鈔票。我對你提過布萊恩正在打官司沒？他向倫敦的一家理工專門書店訂了一大套超貴的物理學書籍。他可不像我，既邋遢又散漫，他特地到洛克斐勒廣場，乖乖地排隊等著劃撥那一大筆書款，該辦的事一件也沒漏。他精得很，聰明人自有聰明人按部就班的作法。

結果你猜怎麼著？那筆錢不知道給匯到哪兒去啦！

皇家郵政，加把勁兒！

HH

為了慶祝我的第一本首版書，加上海外郵購公司終於給了我一本目錄，我決定要寄一個小小的包裹送你們。

馬克與柯恩書店
倫敦中西二區查令十字路84號

1950年10月2日

親愛的海蓮：

這些照片我帶到店裡好幾個禮拜了，不過我們這陣子真是忙得昏天暗地，所以一直找不到空檔寄給妳看。這些都是我和道格（我的先生）在諾佛克*21拍的，那兒是他所屬的皇家空軍駐地。那裡頭我沒有一張拍得漂亮的，不過這是我所能找到最好的了，孩子們和道格那幾張倒是都還不錯。

親愛的海蓮，我好盼望妳真的能如願到英國來，妳何不省點兒買書錢，好讓妳能在明年夏天成行呢？我的爸爸媽媽在米德爾塞克斯*22有幢房子，我們會很高興接妳來住的。

梅根·威爾斯（老闆的秘書）和我打算明年七月一起去澤西島（在海峽群島之中）渡假一個禮拜，妳可以來和我們一塊兒玩，反正回到米德爾塞克斯不須花用妳太多開銷。

班·馬克先生在瞄我寫些什麼了，就此停筆。

賽西兒敬上

真是的！！！

　　不是我愛嘮叨，法蘭克・鐸爾！看到書店竟忍心把這麼美的古書五馬分屍，拿內頁充當包裝紙、填箱料，我真是覺得世道中落、萬劫不復了。我向被包在裡頭的約翰・亨利告狀：「主教閣下，斯文如此掃地，君豈信乎哉？」

　　他說他也實在百思不得其解。更可惡的是你把書拆散了，隨便抓來幾頁順手就包，害我根本搞不清楚上頭到底是在打哪一仗哪一役。

　　這本書大約一個星期前寄達，現在氣也慢慢消了。我把它端端正正地擺在案前，整天陪著我。我不時停下打字，伸手過去，無限愛憐地撫摸它。倒不全然因為這是首版書，主要是我打出生起從沒見過這麼標緻的書。擁有這樣的書，竟讓我油然而生莫名的罪惡感。它那光可鑑人的皮裝封面、古雅的燙金書名、秀麗的印刷鉛字。它實在應該置身於英國鄉間的一幢木造宅邸；由一位優雅的老紳士坐在爐火前的皮製搖椅裡，慢條斯理的輕輕展讀……而不該委身在一間寒酸破公寓裡，讓我坐在蹩腳舊沙發上翻閱。

　　我要買那本Q的文集，可是忘了多少錢，我把你的上一封信搞丟了。好像是兩塊錢吧？附上兩張一元鈔票，若是不夠就來信告訴我。

　　下回要寄書來時，拿第五一二頁和五一三頁來包書怎麼樣？這樣我才曉得最後哪一邊打贏了，還有那到底是哪一場戰役。

　　　　　　　　　　　　　　　　　　　　　　　　HH

P.S. 你們那兒可有《佩皮斯日記》*23？我需要它來伴我度過漫漫冬夜。

馬克與柯恩書店

倫敦中西二區查令十字路84號

親愛的漢芙小姐：

謹在此向您致歉，遲至今日才回信給您。我因公到外地出差了一個多星期，一回到辦公室就被許多待辦的事務耽擱，現在才有空提筆給您回信。

首先，請您完全無須為我們拿舊書內頁當包裝紙用而感到憂心，那只是全套《英倫內戰叛亂本紀》*24之中裝釘破散且多出來的一冊複本，我想應該是無法當成商品賣給任何人的。

奎勒-庫奇的文集《朝聖之路》，已付郵寄給您。您的待付款項為一元八十五分，所以您新近寄來的兩元用來支付該書仍綽綽有餘。另，《佩皮斯日記》目前店內暫無存書，將會為您留意。

祝　萬事如意

馬克與柯恩書店
F·鐸爾誠摯敬上

馬克與柯恩書店

倫敦中西二區查令十字路84號

1951年2月2日

親愛的漢芙小姐：

很高興聽到您喜歡那本奎勒－庫奇的書。《牛津英語散文選》此刻並無庫存，我們將會為您留意。

至於《羅傑・迪・柯夫禮爵士*25正傳》，我們手頭上正巧有一本十八世紀的文集，除了包含該書的不少篇章之外，亦收入切斯特菲爾德*26與哥爾德史密斯*27的文章。此書由奧斯汀・達伯森*28精心編選，敝店僅標價一元十五分。我們已將書寄去給您。如果您對與此同一系列——阿迪森與史迪爾的其他文章感興趣的話，請通知我，我將盡力為您尋找。

敝店若不包括馬克先生與柯恩先生，共有職員六人。

馬克與柯恩書店

法蘭克・鐸爾誠摯敬上

親愛的海蓮：

　　做法不只一種，媽媽和我一致認為下面這個方法對妳而言應該是最簡單的：準備麵粉一杯、雞蛋一顆、鮮奶半杯，撒入少許鹽，在一個大碗公裡充分攪拌，直到變成濃稠的奶油狀。擱進冰箱裡擺幾個鐘頭（所以一大早開始做，時間最剛好不過）。當妳要把肉送進爐子時，挪個位子擺一個鐵盤讓它預熱。在肉烤好前一個半鐘頭，澆一點兒肉汁在鐵盤上，不用太多，淺淺的夠鋪滿鐵盤即可。記住！鐵盤得烘烤得「非常熱」才行。接著，把妳先前準備好的布丁料全撥到鐵盤上頭，然後再放著繼續烤。這樣一來，肉和布丁便可以同時出爐上桌啦！

　　對於從沒見過的人，我實在不知道該怎麼恰當地形容它。總之，一個大功告成的約克夏布丁應該會蓬鬆得高高的，表皮焦脆，當妳切開它時，會發現裡頭其實是空心的。

　　道格仍然隨皇家空軍駐紮在諾佛克。妳寄來的聖誕節罐頭，我們在家中嚴格地實施管制囤積，好等他休假回來時再全家一起享用。親愛的海蓮，妳一定不難想見，屆時我們將會有個多麼棒的慶祝餐會啊！不過，妳實在不該這樣子為我們破費的！

　　得趕快把信寄出去了，這樣妳才來得及在布萊恩的生日晚宴上推出這道菜，成果如何一定要寫信告訴我嘍！

愛妳的
賽西兒

親愛的賽西兒：

　　約克夏布丁簡直棒透了！因為我們這兒從沒人見識過這玩意兒，我後來都只好向別人形容成「一籠高高鼓起、鬆軟細緻、入口即化的特大號烤餅」！

　　請別為我寄去的那些食品操心。我自己也覺得不可思議，那家海外郵購公司也不曉得是不是非營利機構，還是商品可以免稅什麼的吧？總之，他們的東西都便宜得很，我自己買的那隻火雞都比寄給你們的那一大箱聖誕包裹還貴哩。他們的確有一些價格比較高的商品，比如大塊的烤肋排；或是一整隻羊腿之類的。不過，即使是那些東西，也比我向這兒的肉販買要便宜許多，如果真得那樣，把我剁了也沒法子寄東西給你們。現在正在瀏覽目錄，我把它攤在地毯上，琢磨著兩個旗鼓相當的商品組合：編號105的包裹（內含雞蛋一打外加甜麵餅一箱）和編號217B的包裹（內含雞蛋兩打、沒有甜麵餅），我實在不甘心寄一打裝的雞蛋，讓你們每人各分得兩顆能幹嘛？不過布萊恩跟我說，乾燥蛋吃起來味同嚼蠟，還真傷腦筋。

　　有一位製作人剛打電話給我，說他蠻喜歡我寫的劇本（還沒喜歡到要把它搬上舞台的程度）。他正打算製作一部電視影集，問我是否有興趣編電視劇本，他漫不經心地說：「一集給兩張！」搞了半天才弄明白他的意思是：每一集的稿費兩百元。我原先為劇團修改劇本，一週的酬勞也才不過四十元！明天要去和他詳談，快祝我好運吧！

　　祝福妳

　　　　　　　　　　　　　　　　　　　　　　　　海蓮

馬克與柯恩書店
倫敦中西二區查令十字路84號

1951年4月4日

海蓮親愛的：

　　妳寄來的復活節包裹已經收到，這些禮物實在是太棒了！不過，因為法蘭克隔天一早就出差去了，所以他沒空回信向妳道謝，大家都急得直跳腳，而其他人全都不敢斗膽寫信給「法蘭克的漢芙小姐」。

　　包裹裡的肉類製品實在太棒了！我認為妳真的不該再這樣子為我們破費，一定花了妳不少錢吧？願上帝保佑妳的好心腸。

　　班・馬克先生走過來要找事給我做了，就此擱筆。

愛妳的

賽西兒

倫敦西八區

肯辛頓高地街

伯爵社區

1951年4月5日

親愛的漢芙小姐：

　　謹在此向您報告，您寄到馬克與柯恩書店的復活節禮物，已於幾天前寄達。但法蘭克‧鐸爾先生因公外出，錯過與大家分享喜悅了。

　　一見到包裹裡頭的肉，所有人的眼睛都看直了，而雞蛋也大獲歡迎。我覺得有必要寫封信向您報告：所有同仁對您的好意和慷慨都萬分感激。

　　我們所有同仁都期盼您能盡快來英國，屆時我們一定會竭盡心力，讓您有一趟愉快的英倫之旅。

　　衷心祝福

　　　　　　　　　　　　　　　　　　梅根‧威爾斯誠摯敬上

艾塞克斯
濱海南庄
桶橋路
1951年4月5日

敬愛的漢芙小姐：

　　我是馬克與柯恩書店的編目員，已在書店任職即將屆滿兩年。謹在此向您表達感激之意。謝謝您多次寄贈禮物包裹給我們。

　　我現在與七十五歲的姨婆住在一起。當我帶著您送的肉、牛舌罐頭回到家裡，我想如果您能在場目睹姨婆臉上驚喜萬狀的表情，您大概就不難想見我們滿溢的感激之情了。知道遠方有人竟能為素未謀面的一群人付出這麼多關懷和慷慨，我的內心實在倍感溫暖。而我相信，所有同仁必定與我深有同感。

　　如果您想到有什麼事我可以代勞，或是您希望我能從倫敦寄點兒什麼給您的，請務必交代我去辦，我將會引以為榮。

比爾‧韓福瑞誠摯敬上

馬克與柯恩書店

倫敦中西二區查令十字路84號

1951年4月9日

海蓮・漢芙小姐
美國
紐約州，紐約市28
東九十五街14號

親愛的漢芙小姐：

　　我猜您大概已經開始擔心，我們竟然這麼久都沒寫信謝謝您寄來的包裹，心裡頭一定正在嘀咕：真是一群不知好歹的傢伙。實際上，我剛離開倫敦到鄉間跑了一大圈，到處拜訪私人宅邸、搜尋待售的藏書，努力補充店裡捉襟見肘的庫存。我太太已經開始把我當成房客來招呼了——我總是只回家睡覺、一吃完早餐又不見人影。不過，當我帶著您送的肉（雞蛋、火腿就更不用說了）回到家裡，她就會覺得我畢竟也不是一無是處。當然，所有的不開心也就隨之煙消雲散。說實在的，我們已經太久沒能見到一塊完整的肉了。

　　我們總得想點兒法子，表達我們對您的感激。於是，我們將另行寄上一本小書，希望您會喜歡它。我還記得您曾經想買一本情詩集，這是我所能找到盡可能符合您的要求的了。全體同仁為您獻上此書，盼您笑納。

法蘭克・鐸爾誠摯敬上

（附在《伊莉沙白時期情詩選》裡的卡片：）

謹以此書贈予

海蓮・漢芙

並為其諸多美善情誼

致上 最誠摯的祝福

與 無盡的感激

倫敦查令十字路八十四號

全體員工一全

一九五一年四月

此致 倫敦查令十字路八十四號全體同仁：

　　謝謝你們送我這本書。我從沒擁有過這麼一本三邊頁緣都上金的書。你們知道嗎？我竟在生日當天收到這本書！

　　你們另外寫了一張卡片，而不直接題簽在蝴蝶頁上，我真希望你們不要這樣過分拘謹。如果我猜得沒錯，這一定是你們的「書商本性」作祟使然吧，你們擔心一旦寫了字在書上，將會折損它的價值。差矣，你們如果真能這麼做，不僅對我而言；對未來的書主，都增添了無可估算的價值。我喜歡蝴蝶頁上有題簽、頁邊寫滿註記的舊書；我愛極了那種與心有靈犀的前人冥冥共讀，時而戚戚於胸、時而被耳提面命的感覺。

　　還有，大家為什麼都不簽上名字呢？我猜一定是法蘭克不准你們簽的，他大概怕我會把他撇在一邊，一一給你們大家寫情書吧！

　　隔著汪洋，我在美國此端遙寄我對你們的祝福——「美國」，好一個「堅定的盟邦」！當她一擲千金幫日本、德國從敗仗中「復甦」，卻眼睜睜看著英國同胞飽受飢饉之苦！皇天為證，總有一天我要親自去英國，當面為她向你們道歉。（等我回國後，我會叫她加倍向我賠罪！）

　　再次感謝你們送我這本美麗的書，我一定會格外小心，免得讓它濺到酒滴、沾了菸灰。這份禮物對我這種人來說實在太隆重了。

　　　　　　　　　　　　　　　　　　　　　　海蓮‧漢芙 上

親愛的：

這是一間活脫從狄更斯書裡頭蹦出來的可愛鋪子，如果讓妳見到了，不愛死了才怪。

店門口陳列了幾架書，開門進去前，我先站在外頭假裝隨意翻閱幾本書，好讓自己看起來像是若無其事地逛書店。一走進店內，喧囂全被關在門外。一陣古書的陳舊氣味撲鼻而來。我實在不知道該怎麼形容：那是一種混雜著黴味兒、長年積塵的氣息，加上牆壁、地板散發的木頭香……店內左手邊有張書桌，坐著一位年約五十、長著一只霍加斯*29式鼻子的男仕。他站起身來，操著北方口音對我說：「日安。」我回答說我只是隨意逛逛，而他則有禮地說：「請。」

極目所見全是書架——高聳直抵到天花板的深色的古老書架，橡木架面經過漫長歲月的洗禮，雖已褪色仍逕放光芒。接著是擺放畫片的專區——應該說：一張疊放著許多畫片的大桌檯。上頭有克魯克香克*30、拉克罕*31、史拜*32……和許許多多讓我這個劉姥姥叫不出名字的英國插畫家的美麗畫作；另一邊還放著好幾疊迷人的古舊畫刊。

我在店內待了約莫半個鐘頭光景，期待著妳的法蘭克或是哪個女孩兒翩翩現身。不過，因為我到達時已過了一點鐘，我猜他們全都外出用餐去了，而我又不能待太久。

就是這樣咯！新戲的預告並沒有造成萬人空巷，不過據說對方人蠻好的，排給我們幾個月的檔期，所以我昨天出門找出租公寓，在騎士橋*33附近有一間小小的、蠻不錯的小套房。現在還沒確定，一旦定

下來，我會寫信告訴妳，妳也可以再打電話問我媽。

　　三餐不成問題，我們都在餐廳或旅館裡用餐，像最高級的克拉里茲大飯店就能充份供應燉牛肉、烤排骨。價錢雖然貴得離譜，不過折合成美金倒還是挺划算的，所以我們還吃得起。假使換成我是英國人，瞧見這光景一定會恨得牙癢癢的。但是他們卻反而都對我們好得不得了，到處有人邀請我們去家裡作客或上館子。

　　唯一短缺的東西就是糖，凡是甜的東西，一應俱缺。也許我反倒該謝天謝地，正好讓我在這裡瘦它個幾磅。

　　寫信給我。

愛妳的

瑪莘

紐約市

東九十五街14號

1951年9月15日

瑪莘：真多虧了妳的慧心巧手，書店簡直被妳給寫活了──妳的文筆實在比我好得太多啦！

我剛打了電話給妳媽媽要妳的住址，她要我轉告妳：方糖和巧克力棒依照妳的交代，已經給妳寄去了。妳不是還跟我說妳要趁機減肥的嗎？

我不想讓妳以為我是酸葡萄，不過我實在不明白，妳究竟是何德何能？老天竟任由妳飽覽遍逛「我的書店」；而我為什麼就只得乖乖蹲在九十五街的破公寓裡，埋頭寫著這撈什子《艾勒里·昆恩的冒險》*34電視影集腳本？！成天還得聽著「我不是告訴過妳，不能安排一截沾著口紅的菸蒂當作破案線索嗎？」、「我們這個節目是由百優雪茄公司贊助的，千萬別給我編出『香菸』這個台詞兒。」……就連在場景裡安排一只道具菸灰缸也不許出現菸屁股；也不能擺雪茄屁股──廠商嫌不好看──所以，只要劇情出現菸灰缸，裡頭全好端端地擱著一管全新的、未拆封的百優雪茄！

簡直豈有此理！妳卻還能跟約翰·吉爾高*35坐在克拉里茲的酒吧裡打情罵俏！

來信時多寫些倫敦的事物──地下鐵、巷弄衕衕、古宅大院*36……隨便什麼都好，寫仔細點兒。告訴我騎士橋長什麼模樣，此刻我的耳畔似乎響起了柯茨的《倫敦組曲》*37……聽起來是那麼綠意盎然、雄壯典雅。

XXXXX

hh

紐約市

東九十五街14號

1951年10月15日

這哪是佩皮斯日記呢？你倒是給我交代個清楚！

　　這本書根本不夠資格稱之為《佩皮斯日記》，這只是哪個沒事找事做的半吊子編輯，從佩皮斯日記裡東挖西補、斷章取義，存心讓他死不瞑目！

　　真想啐它一口！

　　一六六八年一月十二日的日記跑到哪兒去了？記著他的太座把他踹下床、抄了根燙紅的撥火鉗，追著他滿屋子亂跑那天的日記呢？

　　記著W・佩恩爵士福至心靈的兒子＊38成天揣著教諭，把大夥兒搞得七葷八素的日記呢？這些偷工減料的手腳可別想逃過我的法眼。

　　附上兩張皺巴巴的鈔票。我想，用來付這本玩意兒，外加你將要為我找來的那本「貨真價實的佩皮斯」，應該綽綽有餘了！到時候，我會將這本爛書碎屍萬段，然後，一頁一頁撕下來——拿來包東西！

HH

P.S. 聖誕節快到了，到底是寄新鮮的雞蛋，還是乾燥蛋好呢？我當然明白乾燥蛋可以放得比較久，但是，「丹麥空運直送的新鮮雞蛋」光聽都覺得香，你們快幫我拿主意吧！

馬克與柯恩書店

倫敦中西二區查令十字路84號

1951年10月20日

海蓮‧漢芙小姐

美國

紐約州，紐約市28

東九十五街14號

親愛的漢芙小姐：

　　首先，在此為我們的疏忽向您致以十二萬分的歉意。我一直錯認為那是收錄完整的布瑞布魯克＊39版。我相當能夠瞭解，當您發現該書闕漏了喜愛的章節時，會有何等的失落感受。我一定會盡力另找一本書價合理、完整收錄您在信中提及的段落的《佩皮斯日記》，並儘快為您寄上。

　　同時，很高興地在此向您報告：本店最近將收購一批私人藏書，我已從該批書籍中撿選出一些您會喜歡的書，包括一本李‧杭特的選集，收錄大半您曾提及的文章；還有一冊《通俗拉丁文新約全書》——希望這回不會再出錯了；同時有一本或許對您相當實用的《通俗拉丁文聖經辭典》；另一本《廿世紀現代英國散文選》，內容雖收入希來亞‧貝洛克＊40的文章，但並不是談論廁所的那篇。隨信附上帳單乙份，上列書款十七先令六便士，約合美金二元五角，此書帳已扣除您在敝店帳戶中的二元餘額。

　　至於雞蛋的問題——店內同仁商量的結果，大家似乎意見一致，均認為新鮮雞蛋較好。誠如您所言：鮮蛋雖較難久放，但風味確實不同。

我們都期盼大選後日子會好轉。如果邱吉爾先生和他的政黨能贏得選舉——這也是我的衷心期望，將會是一件振奮民心的好事。

　　衷心祝福您

馬克與柯恩書店
法蘭克・鐸爾

親愛的急驚風：

　　你簡直是「迅雷不及掩耳」，李‧杭特的書和《通俗拉丁文新約全書》「倏忽」寄達。你大約還沒弄明白吧──這不正是我兩年前就向你們訂購的書嗎？如果你繼續照著這種提心弔膽的步調幹活兒，要不得心臟病也難。

　　我真惡毒。你為了幫我找書，忙東忙西的，我竟然不曾向你道過一聲謝，我簡直是壞透了。其實，你在那頭兒受苦受難，我都是銘感在心底的。附上三元鈔票，抱歉，最上頭那一張被我濺到了幾滴咖啡，應該還不致於作廢的地步，上頭的面額還可以看得出來。

　　你們有精裝版的合唱樂譜嗎？比如說巴哈的《馬太受難曲》或韓德爾的《彌賽亞》？雖然我頂著寒風，走到五十條街外就能買到，但我想我還是「就近」先問問你們吧。

　　恭賀邱吉爾先生和他所屬的政黨，希望他能讓你們的日子好過些。

　　「鐸爾」？你的祖先是威爾斯人嗎？

　　　　　　　　　　　　　　　　　　　　　　　　HH

馬克與柯恩書店

倫敦中西二區查令十字路84號

1951年12月7日

海蓮・漢芙小姐

美國

紐約州，紐約市28

東九十五街14號

親愛的漢芙小姐：

　　希望您會高興得知，兩箱雞蛋和牛舌罐頭已平安寄達，而我們也要再度向您道謝。

　　本店的一位老同事——馬丁先生，躺臥病榻已有一段時日了，因此，我們一致決定讓他多分得一些雞蛋——其中一整箱。一如以往，對於這些難能可貴的物資，我們十分欣喜。牛舌罐頭亦相當誘人，它們大大地補充了我們的貯糧。至於我自己，我則會將它們好好地收藏起來，以備特殊場合再派上用場。

　　我詢問了此間所有的樂譜店，不過全都沒有乾淨的二手精裝版《彌賽亞》或巴哈的《馬太受難曲》，然而我發現新書目前在市面上仍持續發行。價格雖略嫌高了些，但我想了想，仍為您買了下來，並在幾天前寄發出去了，最近幾天您應該就會收到這兩本樂譜。一英鎊十先令（約合美金四元二角）的帳單亦會隨書寄上。

　　我們將寄給您一件小小的聖誕禮物。這是一件刺繡品，我們會在郵包上註明「內裝禮品」，希望這樣可以避免您被課上關稅。所有人都希望您笑納這份薄禮，大夥兒同聲向您道聖誕快樂，並祝您有一個美

好的來年。

　　我的姓氏絕非源自威爾斯，鑑於其發音近似法文「挪爾」，我想我的祖籍或許是法國也未可知。

　　衷心祝福您

法蘭克‧鐸爾敬上

（附在郵包裡的卡片／內容物：手工精心刺繡的愛爾蘭桌巾）

祝

聖誕快樂

並

新年心想事成

喬治・馬丁　梅根・威爾斯　比爾・韓福瑞

賽西兒・法爾　法蘭克・鐸爾　Ｊ・潘柏頓

海蓮・漢芙小姐
美國
紐約州，紐約市28
東九十五街14號

親愛的漢芙小姐：

　　首先，我們都十分高興您喜歡那件桌巾。總算能夠回贈您一件禮物，亦帶給我們一絲欣喜——雖然比起您過去這些年來為我們的奉獻，那實在是太微不足道了。您或許想知道那件桌巾的來歷，其實這是最近剛完成的作品，出自我的鄰居——一位八十多歲老太太的巧手。她一個人獨居，平日以女紅自娛。雖然她做了許多手工刺繡，卻幾乎全都自己留著。她之所以願意割愛，破例賣出這麼一件桌巾，乃是禁不住我太太的不斷懇求。當然，您之前寄給我們的乾燥蛋也使上不少助力。

　　如果您非到萬不得已，一定要「清洗」您的《葛羅里亞聖經》*41的話，我們會建議您用一般的肥皂和清水即可。做法是：加一茶匙的蘇打粉到一品脫的溫水中，用蘸了肥皂的海綿輕輕擦拭。我相信您會發現，這樣可以有效地除去污漬。經過上述的處理後，您可以再用少許綿羊油為它上光。

　　J・潘柏頓是一位女士，J是珍娜的縮寫。
　　祝您新的一年一切如意。

倫敦北八區
克羅屈莊
哈索米爾路
橡原巷37號
1952年1月20日

親愛的漢芙小姐：

　　謝謝您長期不斷地寄贈馬克與柯恩書店禮物包裹，並讓我家也能有幸分得一部份。我長久以來就一直想寫信給您，現在終於有正當理由可以動筆了。法蘭克跟我說，您很想知道繡了那件桌巾的老太太的姓名、地址。那件刺繡的手工真的很漂亮吧？

　　這位褒頓老太太就住在我們的公寓隔壁，地址是：橡原巷三十六號。當我告訴她，這件桌巾飄洋過海送給了一位好心的女士時，她好吃驚。如果能再親耳聽到您對她的手藝讚不絕口，我相信她一定會十分開心。

　　很感謝您說還要寄更多乾燥蛋給我們。不過上回您送來的還剩一些，應該可以讓我們享用到春天。四到九月這段時間，我們並無須操心蛋的問題。如果偶爾因物資短缺而臨時減少配給量，我們就會拿別的東西去跟別人換罐頭。我曾經用一雙絲襪在黑市換得一罐乾燥蛋，當然這麼作不盡合法，但這卻是非常時期不得已的變通辦法。

　　過些日子我會寄一些全家福照片給您看，我們的小女兒瑪莉上周剛渡過她的四歲生日；大女兒去年八月滿十二歲了，名叫席拉，是法蘭克的前妻生的──她不幸在戰時喪生了。戰後我嫁給法蘭克，順道有了個現成的女兒。去年五月，席拉在學校當著修女們的面（她唸的是教會學校），說她要送一張卡片祝福爸爸、媽媽的結婚四周年紀念

日。您不難想像，這可憐的小姑娘花了多少唇舌才解釋清楚。

　　最後，祝您新的一年一切順遂，並期盼不久之後我們能在英國相會。

諾拉・鐸爾敬上

倫敦北八區
克羅屈莊
哈索米爾路
橡原巷36號
1952年1月29日

親愛的漢芙小姐：

　　謝謝您的來信。我很感激您如此好心地告訴我：您十分喜歡我繡的桌巾。我當初真該多花點兒工夫在那上頭。我想，鐸爾太太一定也對您提過了吧，我是一個上了年紀的人，雙手也不太聽使喚，能做的活兒也不像以前那麼多了。我用這雙老手做的東西有幸能交到喜歡它的人手上，這真是一件令人欣慰的事兒。

　　我常見到鐸爾太太，而她也不時向我提起您。您若到英國來，或許我也能有幸見您一面罷。

　　再次謝謝您。

瑪麗・褒頓敬上

聽好了！瑪莘：

我剛和妳媽媽聊過。她說你們的戲也許下個月就會結束公演；她還告訴我，妳帶走了兩打絲襪。幫我一個忙，趁妳的戲下檔前，拿四雙去書店交給法蘭克‧鐸爾，就說是送給店裡的三個女生和諾拉（他太太）。

妳媽媽還特別交代，要我用不著付錢給妳。她說那些絲襪全是去年夏天她自己趁沙克斯百貨行出清大減價時便宜買到的，她決定要樂捐出來，好讓她自個兒也能沾沾「共赴國難」的光。

等妳回國就可以瞧見他們送我的聖誕節禮物了。這是一條漂亮的愛爾蘭繡花桌巾，米黃色的底布上以手工繡著古典的花草圖案——全是各自不同顏色、濃淡有致的花兒。保證妳從沒看過這麼美的桌巾，我那張從舊貨店買回來的破茶几就更肯定沒見識過啦！我真迫不及待想披上維多利亞時代的水袖，優雅地舉起手，幻想自己執著一只喬治王朝的古董茶壺，輕輕地斟上一盞茗茶……妳快點兒回來吧！我們可以在家裡扮一齣史丹尼斯拉夫斯基*42！

艾勒里調高了我的劇本稿酬，現在是一集兩百五十元。如果繼續照著這樣的調薪幅度，到了六月，也許我就可以啟程赴英，自己去逛「我的書店」——如果我膽子夠大的話。隔著三千英里的安全距離，我寫了一堆沒大沒小的信，我大概只會悄悄溜進去又靜靜蹓出來，而不敢告訴他們我是誰。

我實在不明白妳怎麼會在雜貨鋪裡被搞得一愣一愣的呢？老闆跟

妳說的不是「兔兜腳」，他說的是「土豆膠」！——我也認為這才是唯一合理的稱呼。妳動點兒腦筋想想：豆子長在土裡，叫它「土豆」合情入理；從土裡頭挖出來，一直「攪」、一直「攪」，攪成「膠」狀，不就成了「土─豆─膠」！這個詞兒不是要比「花生醬」更貼近事實嗎？妳真是不懂國語！

h・漢芙（必也正名乎的海蓮）

P.S. 妳媽媽今天一大早就打扮得花枝招展地出門，要為妳在第八大道和五十街一帶找間公寓，因為妳曾交代她去劇院區找。我說瑪莘啊，妳該很清楚才對，她穿那一身行頭在那種地方晃，誰還敢把房子租給她啊？

紐約市

東九十五街14號

1952年2月9日

大懶蟲！

　　依我看若要等到你寄書來，我都不曉得要超渡幾回了。我還不如乾脆直接衝進布連塔諾書店*43，有什麼就買什麼，不管印得多糟！

　　你們不妨再加記一筆沃爾頓*44的《五人傳》到我那份「該寄而未寄」的書單裡頭。老實說，訂這本書實在是違背了我的購書原則。我從來不買沒讀過的書——否則，不就像買了一件沒試穿過的衣服同樣下場嗎？可是，這兒竟然連圖書館也借不到這本書。

　　要讀的話倒是有。四十二街上的分館有一本，但，恕不外借！坐鎮在櫃檯的女館員用力搖了搖頭，盛氣凌人地說：「僅供內用！」然後只准我窩在密不通風的315號閱覽室裡啃完整本書。既不能邊讀邊喝咖啡，抽菸就更純屬妄想了。

　　沒關係，反正Q多次引用這本書裡的段子，所以我肯定也會喜歡它。只要是Q喜歡的，我都照單全收——小說除外，我就是沒法兒喜歡那些根本不存在的虛構人物操演著不曾發生過的事兒。

　　你們成天都沒事幹嗎？是不是都窩在店裡頭看書？何不起身作點兒生意呢？

　　　　　　　　　　　　　　　　　　　　　「漢芙小姐」上

　　　　　　　　　　　　　　　　（只有我的「朋友」才可以叫我「海蓮」！）

p.s.轉告女孩們和諾拉，如果一切順利的話，她們都能穿著絲襪過四旬齋。

馬克與柯恩書店
倫敦中西二區查令十字路84號

海蓮·漢芙小姐
美國
紐約州，紐約市28
東九十五街14號

親愛的海蓮：

　　我也十分同意，該是我們都拋棄無謂的「小姐」、「先生」敬稱的時候了。不瞞您說，我本人實在並不像您長久以為的那樣，既木訥又嚴峻。只是我寫給您的信都必須存放一份副本作為業務存檔，所以我認為行禮如儀似乎比較妥當。不過，此封信既然與書店業務無關，自然毋須顧慮副本、存檔的問題。

　　我們百思不得其解，不明白您如何隔海變戲法，讓四雙絲襪無中生有。我所知道的只是：今天中午我用過午餐回到書店，就赫然發現它們已經好端端地擺在我的辦公桌上，上頭還附著一張寫著「海蓮·漢芙贈」的卡片。沒有人曉得它們是什麼時候或是怎麼來的。女孩們都嚇獃了，我曉得她們正在打主意待會兒自行寫信給您。

　　有一件令人遺憾的事要向您報告：久臥病榻的喬治·馬丁先生上周在醫院中病逝了。他在本書店工作已相當多年。伴隨著這個噩耗，國王的猝然駕崩亦使我們此刻都籠罩在一片哀戚之中。

　　我實在不知該如何回報您對我們的不斷付出。我所能做到的，只是當您確定訪問英國時，橡原巷37號將會有一個房間，可供您無限期的住宿。

若且先觀照一切美好

汝魔示·赫糖糖

噢！真感謝你寄來的《五人傳》。真難以置信，這本一八四○年出版的書，竟然還能保持這麼完好的書況！質地柔細、仍帶著毛邊的書頁尤其可人。我實在為前任書主（蝴蝶頁上還留著「威廉‧Ｔ‧戈登」的簽名）感到悲哀，真是子孫不肖喇！竟把這麼寶貴的東西一股腦兒賣給你們。哼！我真想趁它們被秤斤論兩前，拎著鞋溜進他的書房，先下手搜刮一番！

這真是一本引人入勝的書。你可曉得：當約翰‧多恩帶著他主子的掌上明珠私奔（人家好不容易老來得女的說……），他因此下獄被囚禁在倫敦塔。他在裡頭捱餓受凍，餓著餓著……居然就「得道」了！——這不是沃爾頓的原句啦，這是我自己改編的說法。

注意！我附寄了五元鈔票一張。由於這本《五人傳》赫然登場，害我原來那本《垂釣者言》相形見絀（認識你們之前買的，這是一本硬梆梆的〈美國通俗經典文庫〉版）。《五人傳》跟它不登對，嫌它在跟前晃來晃去，看了就討厭。所以，多出來的兩塊半就幫我找一本好點兒的《垂釣者言》——勞您大駕嘍。

你得當心嘍，如果電視劇換檔，明年我就會殺到你們那兒去。我準備蹬著古董木梯，撢去你們的書架頂層的陳年積垢，順便把你們的優雅端莊也一併一掃而光。我跟你提過我幫艾勒里‧昆恩的電視影集編寫巧藝謀殺嗎？我寫的劇本總會安插藝術場景——芭蕾舞團啦、音樂廳啦、歌劇院什麼的；連嫌疑犯或屍體也得寫得文謅謅的。為了向你致敬，或許我該寫一齣發生在古書店裡的謀殺案。怎麼樣？你要演行凶歹徒呢？還是要扮刀下亡魂？

hh

倫敦北八區
克羅屈莊
哈索米爾路
橡原巷36號
1952年3月24日

親愛的漢芙小姐：

　　我實在不知道該如何表達我的感激，今天收到您寄給我的食物包裹，我有生以來從未收到過包裹。您實在不須為我這個老太婆如此費心。我也只能謝謝您的好意，並好好地享用您寄來的禮物。

　　感謝您為我設想如此周到。我拿您寄來的東西給鐸爾太太瞧，她也直誇您實在是一位大好人。

　　再次謝謝您，並祈禱您一切安好。

　　　　　　　　　　　　　　　　　　瑪麗‧褒頓誠摯敬上

馬克與柯恩書店

倫敦中西二區查令十字路84號

海蓮·漢芙小姐

美國

紐約州，紐約市28

東九十五街14號

親愛的海蓮（您看，我已經不再「行禮如儀」了）：

　　我相信您一定會高興聽到這個消息：我們剛購入一批私人藏書，裡頭有一冊非常好的《垂釣者言》，待我將收購手續辦妥，本書可望於下週為您寄上。我們大概會標價二元二角五分，您帳戶中的餘額仍夠支付。

　　您為艾勒里·昆恩寫的劇本似乎挺有意思。我希望這部影集也能在我們這兒播映，它也該改善其沈沈死氣了（我是指我們的電視節目，不是您寫的劇本）。

　　諾拉和所有人與我同祝您一切美好

法蘭克·鐸爾敬上

親愛的海蓮：

　　謝謝您寄贈的乾燥蛋罐頭，包裹在兩天前收到了。儘管難掩喜悅之情，但我實在覺得很難為情，因為我竟向您提起蛋源短缺的事情。不過今年倒是還沒發生減量配給的情形，所以我們就當成是上天的恩賜，用它們多烤了個蛋糕什麼的。法蘭克還拿了一些去辦公室，打算要寄給賽西兒，他老是忘了把她的地址帶回家。我想您應該也聽說了吧，賽西兒離職了，她正打算隨夫婿調防到中亞去。

　　我附了幾張相片，法蘭克說這些照片全沒把他拍好，還說他本人比照片好看多了。不打緊，我們就當他說夢話好了。

　　席拉的學校放了一個月的假，以前我們全家偶爾會一起到海邊走走或隨處晃晃。但是現在恐怕也不能那麼常出遊了，因為交通費貴得嚇人。我們一直有買車的念頭，但車價也不便宜，物色一部性能尚可的二手車或許比較可行。大部份新車都出口到國外，國內只能分到少量的配額。我們有一些朋友，光是為了訂一部新車，就等了五、六年。

　　席拉現在要為您朗讀一篇《豐收祈禱文》，祈禱您可以如願到英國一遊；而且在復活節時，我們也已經借花獻佛，用您送給我們的培根罐頭犒賞過神明了。所以，如果再加上《豐收祈禱文》奏效，老天將會保佑您獲得一筆意外之財，這樣子您和我們很快就可以見面了！

　　就此停筆並再次感謝您。

諾拉

親愛的法蘭克：

　　原本應該一收到書就寫信給你的，只是想跟你道句謝謝。《垂釣者言》裡頭的木刻版畫太棒了，光這些插圖的價值就十倍於書價。我們活在一個詭異的世界——這麼漂亮、又能終生廝守的書，只須花相當於看場電影的代價就能擁有；上醫院做一副牙套卻要五十倍於此。

　　唉！如果你們依照每本書的實際價值去標價的話，我肯定一本也買不起。

　　如果你知道我這個一向厭惡小說的人終究回頭讀起珍·奧斯汀來了，一定會大大地驚訝。《傲慢與偏見》深深擄獲了我的心！我千不甘萬不願將我手頭上這本送還給圖書館，所以你快找一本賣給我。

　　代我問候諾拉，和辦公室裡可憐的上班族們。

HH

倫敦北八區
克羅屈莊
哈索米爾路
橡原巷37號
1952年8月24日

親愛的海蓮：

　　我要再一次對您寄給馬克與柯恩書店，並讓我們家分享的物資向您道謝，我真希望能回寄點兒什麼報答您。

　　對了，海蓮，這個禮拜我們終於榮登有車階級了。雖然不是一部新車，沒什麼好到處吹噓的。不過，車子只要能跑就行了，您說是不？怎麼樣，您現在比較願意來找我們玩兒了吧？

　　前一陣子，我有兩個親戚從蘇格蘭南下來看我們，褒頓老太太心腸很好，肯讓他們在她家叨擾了幾個禮拜，他們說住在她那兒很舒服。他們那一陣子就吃我家、睡褒頓老太太家。如果您手頭方便，可以趕明年兒，趁著女皇登基大典時一塊兒來湊湊熱鬧，褒頓老太太說她會為您將房間準備好。

　　好了，不多說了，寄上我的祝福和感謝──謝謝您送的肉與雞蛋。

諾拉上

馬克與柯恩書店
倫敦中西二區查令十字路84號

1952年8月26日

海蓮‧漢芙小姐
美國
紐約州，紐約市28
東九十五街14號

親愛的海蓮：

我又要再度老生常談——在信裡頭向您道謝了，三件甚獲歡迎的包裹幾天前寄達。您實在太好心了，將辛苦掙來的錢花在我們身上。我們都非常感激您對我們的關懷。

這幾天，店裡進了三十幾冊〈萊奧伯經典文庫〉*45，可是，唉，裡頭不巧就缺了賀拉斯*46、薩福*47、卡圖盧斯*48。

從九月一日起，我會休幾個禮拜的假。可是因為我最近買了車，家中經濟失血甚多，所以不能再大肆鋪張。諾拉有個姊姊住在海邊，我們都冀望她會憐憫我們無處可去而邀我們去玩。這是我頭一回買車，所以全家都非常興奮。只不過這是年份一九三九年的舊車款，但只要它不會老是半路拋錨，我們就該偷笑了。

全心祝福您

法蘭克‧鐸爾

法蘭克，猜猜看，當你溜去渡假時，誰上門來啦？山姆‧佩皮斯是也！不管是誰代你寄的書，可別忘了要謝謝人家。這些書上個星期就到了，三冊紮紮實實的海軍藍布面精裝本，用四大頁舊畫報裹著。我邊吃午飯邊讀舊畫報；晚餐過後，開始和山姆神交。

他要我轉告你：他非常高興能來到敝寶地，他的前任主人是個大草包，連書頁都懶得裁開。我將它們一一裁開，內頁用的是薄得幾可透光的印度紙——我們這兒管這種紙叫「洋蔥皮」，真是恰如其分。要是換成厚一點的紙張，難保不變成六冊、甚至七冊，印度紙果然功德無量。我只有三座書架，可是實在已經找不到可以讓我清掉的書了。

每年一到春天，我就會「大清倉」，把一些我再也不會重讀的書全丟掉，就像我也會把再也不穿的衣服扔了同樣道理。倒是旁人都很驚訝，依我看，他們愛惜書本的方式才奇怪呢。他們買一堆新出版的暢銷書，囫圇吞棗似地看完，我常想：他們也未免讀得太潦草了吧。然後呢，因為他們從不重讀那些書，不消一年，書裡頭的內容早就被他們拋到九霄雲外！不過，當他們看見我把書一箱一箱地往外扔時，卻又露出一副「這怎麼得了！」的表情。要是照著他們的作法：買了一本書，好——讀過了，好——上架，好——沒事了，一輩子也不會再去碰它第二回，可是呢，「丟掉？萬萬使不得呀！」為什麼使不得？我個人堅信：一本不好的書——哪怕它只是不夠好，棄之毫不足惜！

你和諾拉過了一個不賴的假期吧？我自己則全消磨在中央公園裡。我的寶貝牙醫師放了我一個月的假，他卻歡歡喜喜帶著嬌妻渡蜜

月去了，旅費是我出的——我有沒有提過？好幾個月前，我發現牙齒一顆接一顆全壞光了，我要嘛乖乖裝上牙套，要不然就得全部拔光！因為還不想當個無齒之徒，我最後還是決定裝牙套。可是診療費簡直是天文數字！看來依莉沙白只好甭再等我了。而我也只能留在這裡，獨自為我的牙齒加冕了。

不過我可沒打算停止買書！連牙齒都棄我而去了，總該給自己留點兒什麼呀！你能為我找到蕭伯納的劇評和樂評嗎？我想他應該寫了好幾本，把你所能找到的都寄給我。還有！法蘭克，漫漫冬天眼看著又要來了，我兼差幫人帶小孩時可不能閒著，所以，亟需讀物！——快！起身！動手！找書！寄來！！

hh

此致「倫敦查令十字路八十四號的眾好友們」：

　　一拆開包裝，《愛書人文選》款款現身——鑲金邊的皮面、上金漆的上書口……輕而易舉勇奪「我的藏書選美」的后冠，連首版的《大學論》也甘敗下風。它看起來仍如此清新、純樸，宛若從未遭染指——不過我知道，它的確曾被頻繁地悉心翻閱過：因為一打開書頁，總會落在某幾個特定段落，冥冥之中似有前任書主的幽靈導引我，領我來到我未曾倘佯的優美辭藻，例如崔斯特朗・榭蒂描述他父親富麗堂皇的書房：「架上羅列多善本，篋中廣納皆美卷。」

　　法蘭克！快去找一本《崔斯特朗・榭蒂》*[49]給我！

　　我打心裡頭認為這實在是一椿挺不划算的聖誕禮物交換。我寄給你們的東西，你們頂多一個星期就吃光抹淨，根本休想指望還能留著過年；而你們送給我的禮物，卻能和我朝夕相處、至死方休；我甚至還能將它遺愛人間而含笑以終。

　　謝謝你們，祝你們新年快樂。

海蓮

倫敦北八區
克羅屈莊
哈索米爾路
橡原巷37號
1952年12月17日

親愛的海蓮：

很抱歉這麼久都沒捎個隻字片語給您。希望埃德萊*50敗選不至於讓您太難過，也許下一回他可以東山再起。

褒頓老太太跟我說，如果明年夏天您來英國時，她仍健在的話，很歡迎您住在她家。她是我所認識最長壽的人，我還不曉得有誰能像她活那麼大歲數兒，我相信她一定能活到一百歲的。

不論如何，我們都會把您的住宿問題打點好。

謝謝您寄給我們這麼好的聖誕禮物，您實在是個大好人。海蓮！如果您明年來英國的時候，馬克與柯恩書店的人沒好好地為您設宴接風的話，他們就太該死了。

我希望您將有個快樂的聖誕節。下回再聊了，獻上我們的祝福和感激。

願上帝保佑您

諾拉

法蘭克，告訴你一個包準讓你樂翻的消息……

首先，寄去三元鈔票。郵包已收到，這本書長得就像珍‧奧斯汀該有的模樣兒——皮細骨瘦、清癯、純潔無瑕。

好，進入正題——艾勒里的電視影集下檔了。正當我青黃不接，又為了支付看牙的龐大開銷而焦頭爛額的當頭，有人找我為一個新的節目擬一個草案——將名人軼事編成電視單元劇。所以我快馬加鞭，完成一個故事大綱。送出之後，電視公司接受了；於是我又寫了一個完整劇本，他們也頗為滿意——所以再過個把月，新差事就有著落了。

而你猜我改編哪一個故事？「多恩與領主千金私奔記」——靈感來自沃爾頓的《五人傳》！電視觀眾大概沒幾個人曉得約翰‧多恩是誰，不過，拜海明威之賜，大家都聽過「沒有人是一座孤島」。我只消將這句名言編進劇本裡，便順利賣出啦！

於是，約翰‧多恩成功登上《不朽名人堂》，我也依約拿到一筆酬勞——價碼大約是我前前後後花在你們店裡的書款外加五顆牙！

我打算半夜爬起來聽收音機的現場實況轉播，和你們一塊兒參加加冕典禮，同時惦念著你們所有人。

祝開心

hh

馬克與柯恩書店

倫敦中西二區查令十字路84號

1953年6月11日

海蓮‧漢芙小姐

美國

紐約州，紐約市28

東九十五街14號

親愛的海蓮：

　　您的包裹於六月一日平安抵達了，正好趕上加冕大典*51。當天家裡來了不少朋友，和我們一起收看電視轉播。我們用您寄來的火腿做了些三明治供大家享用，每個人都直說美味極了。於是我們全體舉杯同祝您及女皇都鳳體康泰。

　　您實在太仁慈了，竟將您的辛苦所得拿來關照我們。所有同仁與我在此同聲向您道句：萬分感激。

　　祝福您

法蘭克‧鐸爾敬上

親愛的海蓮：

　　我必須趕緊通知妳：今年聖誕節可千萬不許再寄禮物來。所有的東西都已經不用配給了，稍好一點的店裡頭也能買到絲襪。請攢下妳的錢，現在最要緊的就是等妳治好牙齒之後，能到英國來。只是別挑明年來，因為那時我不在國內。後年我才會回國，這樣子妳來了才能住在我們家。

　　道格寫信告訴我，我們候補的家庭宿舍就快有著落了，孩子們和我希望能在聖誕節前就搬去和他團聚。他現在暫時被調到巴林島（在波斯灣，妳可以在地圖上找找看）的基地，日子過得愉快愜意。等到家庭宿舍一分配下來，他便會回到哈班尼亞（在伊拉克）的皇家空軍基地和我們會合。一切都很順利。

　　要寫信給我喲，即使我暫時「出局」了，媽媽也會把妳的信轉寄給我的。

思念並祝福您

　　　　　　　　　　　　　　　　　　　　　　　　　賽西兒

你們店裡一直發行這麼棒的目錄，卻直到現在才寄給我！難道你還好意思跟我說你老是忘了嗎？你這個死老百姓！

忘了哪個復辟時代的劇作家老愛用「死老百姓」這個詞兒數落別人，我好不容易終於逮到機會可以用它來造個句兒。

話說回來，這整本目錄裡頭只有這本卡圖盧斯我有點兒興趣——雖然不是〈萊奧伯經典文庫〉版，不過看起來還算差強人意，如果這本書還在的話就寄給我。至於書價六先令二便士，只要你換算成美金，我馬上付——凱特和布萊恩搬到郊區，這下子沒有人可以幫我換算了。

如果你從下個月起每個星期都能攜家帶眷乖乖上教堂，我會十分感激你。請一起為吉廉、李斯、史奈德、坎帕內拉、羅賓遜、哈吉斯、費里羅、帕德瑞斯、紐坎姆與拉賓——布魯克林道奇隊全體球員禱告，祈禱他們身強體健並獲天助神力。要是他們打輸了世界大賽，我也不想活了，到時你再後悔就來不及了。

你們有狄·托克維爾*52的《美洲見聞錄》嗎？有人把我原有的一本借走了賴著不還。我實在百思不解，再怎麼循規蹈矩的人一霸佔起書來都是一副理直氣壯。

代我問梅根好，她還在店裡頭幫忙嗎？還有，賽西兒現在怎麼樣了？從伊拉克回來了嗎？

h.h.

馬克與柯恩書店

倫敦中西二區查令十字路84號

1955年12月13日

海蓮‧漢芙小姐
美國
紐約州，紐約市28
東九十五街14號

親愛的海蓮：

　　十分抱歉沒能早一點寫信給您。不過請您先別忙著動氣，因為我生了一場小病，請了幾個禮拜病假在家。一回到店裡又被一堆待補辦的公事絆住。

　　關於目錄裡登載的那本卡圖盧斯，收到您的信之前就已經被買走。但我仍為您找到另一個版本寄去——這也是一本附拉丁原文的版本，韻詩部份由李察‧波頓爵士[*53]翻譯；內文則為李奧納‧史密索[*54]翻譯，大字印刷，標價三元七十八分。裝幀並非十分漂亮，但品相尚稱良好。我們目前沒有狄‧托克維爾的書，將會為您留意。

　　梅根仍在書店，但是她正打算搬到南非定居，大家都還在勸她打消念頭；自從賽西兒隨夫婿去了中亞之後，我們就再也沒有她的消息，轉眼間她竟然已經離職一年了。

　　我很樂意為布魯克林道奇隊加油——如果您也願意為「馬刺隊」（托登罕足球隊）打氣的話。他們目前在聯盟的排名敬陪末座，不過，球季尚未結束，同志仍須努力。希望他們在明年四月前能扭轉頹勢。

　　諾拉、所有人與我在此祝您聖誕快樂、恭賀新禧！

法蘭克‧鐸爾上

我現在趴在床腳下寫信給你——這本卡圖盧斯害我氣得滾下來。

譯得詰屈聱牙的，真教人傷腦筋！

到目前為止，我只聽過一個名字也叫李察・波頓的帥哥演員——我曾在幾部英國電影裡頭看過他，我想維持這麼點交情也就夠了。至於這個翻譯者李察・波頓，他譯得也未免太花俏了吧。

而可憐的史密索先生，他一定害怕他媽媽會讀這本書，所以忍痛把那些原本應該活色生香的文章譯得道貌岸然。

咱們這麼辦吧，你索性找一本全部拉丁原文的版本給我。我自己有一本卡塞爾氏（Cassell）拉丁文字典，他們搞迷糊的句子，我自個兒動手翻譯得了！

梅根頭殼壞掉了嗎？如果她真的那麼厭煩文明世界，怎麼不乾脆搬去西伯利亞！

行行行！沒問題！我會當馬刺隊的啦啦隊！

正努力攢錢當中。如果電視台繼續賞我飯吃，明年夏天我就可以成行了。我要去親眼瞧瞧貴書店、聖保羅大教堂、國會殿堂、倫敦塔、柯芬園、老維克劇院[*55]……還要見見褒頓老太太。

附寄十元大鈔一張。這本白色軟精裝的卡圖盧斯，居然還配著白色的絲質書籤帶……法蘭克，你打哪兒找來這些玩意兒啊？

hh

馬克與柯恩書店

倫敦中西二區查令十字路84號

1956年3月16日

海蓮・漢芙小姐
美國
紐約州，紐約市28
東九十五街14號

親愛的海蓮：

　　很抱歉又隔了好一段時間才回您的信。因為直到今天，我們才有好消息可以向您報告。原先我還在猶豫，是不是該等到卡圖盧斯的書也一併找到時再寫這封信比較好。

　　我們終於尋獲一本版本相當不錯的《崔斯特朗・榭地》，附有侯布的插圖，價格約合二元七十五分。同時我們也收到一冊柏拉圖的《蘇格拉底四論》，譯者是班雅明・周伊特*56，一九〇三年在牛津出版。此書標價一元，您是否要買？您在敝店戶頭內尚有一元二十二分的餘額，如您兩冊都購買，僅須再付給我們二元五十三分。

　　我們仍翹首期盼您今夏能來，我家的兩個女孩兒都離家住校，所以屆時橡原巷三十七號將會有兩間臥房供您挑選。很遺憾地向您報告：褒頓老太太已被送到老人之家，我們都很難過，但畢竟她在那兒能得到比較好的照料。

　　　　　　　　　　　　　　　　　　　　法蘭克・鐸爾敬上

親愛的法蘭克：

　　布萊恩介紹我讀肯尼斯・葛拉翰[57]的《柳林風聲》，因此我迷上了薛柏[58]的插圖，決定自己也要買一本。但是！先別忙著寄來，幫我保留到九月，屆時我會遷入新址。

　　原本住得舒舒服服的舊公寓老命不保嘍。上個月所有住戶都收到了搬遷通知，現址要蓋新大樓。我想也是該為自己覓一間好公寓、買幾件好傢俱的時候了。於是我打鐵趁熱地在第二大道的一處工地，訂了一間連影兒都還沒有的客臥兩用預售屋。我現在忙著四處張羅新傢俱和書架、地毯，幾乎把錢都花光了。可是，我一輩子都跟搖搖晃晃的桌椅、到處爬滿蟑螂的廚房為伍，現在我想過點兒像樣的日子。至於英國之旅，只好等著有人招待我去了。

　　與此同時，我的房東怕大家賴著不走，索性把門房給解雇了，害得垃圾和熱水都沒人打理；還打算要把信箱間、走道燈和我的廚房和臥室間的隔間牆全拆了（本週即將發生）；這些煩心的事加上眼睜睜看著道奇隊兵敗如山倒，真是心酸誰人知噢……

　　對了，新地址如下：

紐約州21紐約市東七十二街305號（九月一日啟用）

馬克與柯恩書店

倫敦中西二區查令十字路84號

1957年5月3日

海蓮‧漢芙小姐
美國
紐約州，紐約市21
東七十二街305號

親愛的海蓮：

　　預備好接收這個好消息：您上回信中提到的三本書，一口氣全都找到了！而且已經在上周寄去給您，現在應該正在途中。別驚訝我們究竟是怎麼辦到的，這理應是本店的服務項目之一。帳單附在此信中，扣除帳戶餘額之後的書款為五元。

　　幾天前，有兩位您的朋友到店裡來探望我們——很抱歉我現在不記得他們的大名了，是一對很可愛的新婚夫婦。不過，可惜他們行程匆忙，只能在我們這兒稍坐片刻、抽根菸的光景，就必須告辭了。

　　今年的美國遊客似乎較以往更多了。我曾見到由上百位律師組成的旅遊團，每個人西裝上都別著一塊大大的名牌——上頭寫著他們的名字和住址。他們好像都玩得頗開心，所以明年您一定也要來一趟。

　　致上全體的祝福

　　　　　　　　　　　　　　　　　　法蘭克

（寄自史特拉福*59的明信片）

1957/5/6

被妳知道了一定會挨妳臭罵一頓！——我們去了妳的書店。我們一說
出是妳的好友，便被大家團團圍住。妳的法蘭克邀我們去他家過週
末；老闆馬克先生特地從裡頭走出來，他說他一定要和「漢芙小姐的
朋友」握握手；他們所有人都一副要好好地款待我們才肯善罷甘休的
樣子，我們差點兒就葬身在難卻的盛情之中！
我猜妳一定也很想親眼瞧瞧妳口中「可愛的威廉」*60降生的房子吧。
現在正在前往巴黎的途中，接著去哥本哈根，預計二十三日回國。

愛妳的
吉妮與艾德

海蓮・漢芙　　紐約州，紐約市21，東七十二街305號

嗨，法蘭克——

　　快叫諾拉更新通訊錄裡的地址，你們家的聖誕卡寄到舊址去啦！她寫成了東九十五街14號。

　　忘了是不是說過了，我好喜歡那本《崔斯特朗・榭地》，侯布*61的插圖簡直美得令人銷魂，托比叔叔*62地下有知也可含笑瞑目了。我在信紙背面列了幾本〈麥克唐納繡像經典〉的書。其中有一本《伊利亞隨筆》*63，有〈麥克唐納繡像經典〉版最好，若是有其他不錯的版本也行，但價格得「合理」我才會考慮——現在已經找不到「便宜」的東西了，所有的東西都標榜「價格公道」，要不然就是「收費合理」。對街又在蓋大樓了，他們立了一塊大招牌，上頭寫著斗大的字：

　　「一房一廳或兩房一廳任君選擇／租金合理」

　　房租什麼時候「合理」過了？其他東西也沒好到哪兒去。儘管招牌上蓋得天花亂墜，終究只是個廣告文案。

　　我一路活來，眼看著英語一點一滴被摧殘蹂躪卻又無力可回天。就像密尼弗・契維*64一樣，余生也晚。而我也只能學他「乾咳兩聲，自嘆一句：奈何老天作弄」，然後繼續藉酒澆愁。

p.s.喂，柏拉圖的《蘇格拉底四論》的下落呢？

馬克與柯恩書店
倫敦中西二區查令十字路84號

1958年3月11日

海蓮‧漢芙小姐
美國
紐約州，紐約市21
東七十二街305號

親愛的海蓮：

先在此向您致歉，無法及早回信。我們前一陣子都累垮了，諾拉生了一場病，在醫院裡待了幾個月，而我只好暫時請假在家代理家務。她現在已經復元得差不多了，再過個把禮拜就能出院回家。這段時間真夠折騰我們兩人的，不過還真得感謝全民健保，我們幾乎沒花自己一毛錢。

關於〈麥克唐納繡像經典〉，我們偶爾能收購到一些，不巧現在手頭上都沒有。而蘭姆的《伊利亞隨筆》本來也有好幾本，但上回旅遊旺季時全被買走了。下週我還會出差一趟，屆時再為您盡力蒐尋，另，柏拉圖的書也會為您留意。

所有人齊祝您有一個愉快的春假，女孩兒們要我轉告：她們對您感到很抱歉，粗心將聖誕卡寄到舊地址去了。

法蘭克敬上

倫敦北八區

克羅屈莊

哈索米爾路

橡原巷37號

1958年5月7日

親愛的海蓮：

謝謝您接連寄來兩封問候信。也很感激您的好意，不過說真格的，海蓮，我們現在什麼都不缺。我真希望我們能自己開一家書店，這樣我們就能送幾本書給您，多少報答您的一片好心。

隨信附上幾張全家福照片。本想寄些拍得更好的，但是比較好一點的都被親戚要走了。妳一定也發現了吧，席拉和瑪莉竟然長得那麼像，這實在是一件很奇妙的事。法蘭克說，瑪莉現在長得就像是席拉在她這個年紀時的模樣。席拉的母親是威爾斯人，而我的老家則是在愛爾蘭，所以她們一定得自法蘭克的遺傳多些，不過她們都比法蘭克要漂亮多了，當然法蘭克死也不肯承認！

要是您曉得我寫這樣一封信得絞盡多少腦汁，一定也會可憐我的。法蘭克老愛笑我：成天嘰哩呱啦地說個不停，怎麼一拿起紙筆就不靈光了呢？

再次感激您的問候和您的來信。

上帝保佑您！

諾拉

馬克與柯恩書店
倫敦中西二區查令十字路84號

1959年3月18日

海蓮・漢芙小姐
美國
紐約州，紐約市21
東七十二街305號

親愛的海蓮：

　　我實在不知道該如何向您啟齒。就在上一封信向您報告，為您的朋友找到了《簡明牛津辭典》之後隔兩天，我才一轉身，這本書就被別人買走了。我之所以這麼晚才回信，也是因為希望能盡快再另尋一本，可惜至今仍一無所獲。辜負了您的朋友，我感到萬分愧疚，當時我實在應該先把書收起來的。

　　我們今天會將約翰生的《莎士比亞評傳》寄出，正好敝店內有這本附華特・拉雷[*65]導言的牛津出版社版。定價為一元五分，您的帳戶內尚有餘額足夠支付此書。

　　您參與的電視節目將移師到好萊塢，大家都覺得很可惜；夏天又快到了，預料將會有更多美國遊客到英國來，然而我們所殷殷期盼的「那位美國遊客」卻仍獨獨教我們望穿秋水。我很能理解您不願離開紐約搬到南加州的心情。我們也在此祝您好運，並希望您很快可以再找到類似的工作。

法蘭克上

海蓮・漢芙　　紐約州，紐約市21，東七十二街305號

1959年8月15日

各位仁兄，我又有活兒可幹啦！

是我憑實力掙來的。我得到一筆CBS提供的編劇獎助金——為數五千美元，供我未來一年將美國歷史編寫成電視劇本。我頭一個要寫的題材是英國佔領期間的紐約。我一邊寫一邊踟躕——貴國同胞於一七七六年到一七八三年在這兒的行徑那般齷齪不堪，而我偏挑這一段來寫，實在有點兒對不起你們現在待我如此溫良友善、體諒慈悲。

你們可有白話版的《坎特伯里故事集》？實在罪過，我從沒讀過喬叟。雖然老是央求一位拿過博士學位的朋友教我古盎格魯薩克遜英語，但也僅止於口頭上說說罷了。這位朋友在寫論文的時候，教授們對她說：想寫什麼題目都行。「乍聽之下似乎很棒，」我的朋友哭喪著臉告訴我：「可是唯一能找到夠多古盎格魯薩克遜語的文章，盡是些『燒教堂、砍人頭』的玩意兒。」

她還跟我講了一堆貝奧武甫和他的私生子希衛斯（還是衛希斯？）的故事[*66]，她說那些也沒啥看頭。經她冷水一澆，我的興致也全沒了。所以給我白話版的《坎特伯里故事集》就行了。

代我問候諾拉

hh

馬克與柯恩書店
倫敦中西二區查令十字路84號

1959年9月2日

海蓮・漢芙小姐
美國
紐約州，紐約市21
東七十二街305號

親愛的海蓮：

　　大家都很高興聽到您得到一筆獎金，而且也有工作了。對於您所挑選的任何寫作題材，我們完全不會介意。但我必須向您報告，店裡的年輕同事們坦承：若不是您在信中提及，他們渾然不知英國竟然曾經「佔領」過美國。

　　關於您的疑問，似乎所有最頂尖的學者對於將喬叟的文章譯成白話文都避之唯恐不及。但是，一九三四年由希爾改寫、朗文出版社出版的《坎特伯里故事集》，應該是目前所能找到唯一的白話版了。我認為還算是不錯的書，此書現已絕版（這自然不在話下），我將為您找一本書品較好的。

法蘭克上

我快沒轍啦！法蘭克……

有人送我這麼一本書充當聖誕禮物。這是一本〈巨匠當代文庫〉，你可曾見過這種版本？裝幀比起紐約州議會公報好不到哪兒去，重量倒是略勝一籌。一個愛附庸風雅的傢伙，聽說我喜歡約翰·多恩，不知打哪兒找來送我。書名是：

約翰·多恩

詩全集、文選

與

威廉·布來克

詩全集

合訂本？

問號是我自己加上去的。你學問大，能不能告訴我：這兩個老小子渾身上下有哪一點雷同，得這樣子湊合在一塊兒？——只因他們倆都是英國佬，也都舞文弄墨？我努力讀著導論，想找出些蛛絲馬跡來。導論洋洋灑灑共分為四大章：頭兩章鉅細靡遺地描述了多恩的學術生涯；第三章開頭是這麼寫的（我真不想引述）：

「話說少年布來克，在茵茵夏日草原，於樹下邂逅先知以西結*[67]，而遭母親深責痛打。」

我完全支持他娘。我是說：就算沒瞻仰到上帝的後背；好歹領教一下聖母的尊容也行呀——誰叫他好死不死見到什麼鬼先知以西結？

反正我不喜歡布來克，他還真是讓這本書減色不少。看來我勢必又得清掉一些書啦，法蘭克，你得伸出援手。

我現在蜷癱在安樂椅裡，聆聽著收音機傳出恬淡閒適的古典音樂

——大概是科瑞里*68吧……慵懶地享受這天下太平的短暫時刻。而這玩意兒——〈巨匠當代文庫〉就站在桌上直盯著我瞧。

我心想：好吧，不妨朗讀幾段多恩的證道詞好了。多恩的文章合該大聲朗讀，它簡直就像是巴哈的賦格！

可是你曉不曉得，這個無端之舉給我自己惹來什麼天大的麻煩？

打開〈巨匠當代文庫〉，翻到「證道第十五講章」——竟被肢解成三段。讀到第一段末尾，才發現〈耶洗別*69篇〉被刪掉了；我趕緊找來另一本多恩的《證道文選編》（羅根‧皮爾叟‧史密斯編），花了二十來分鐘拚命找「證道文第十五講章」……搞了半天才發現：原來，照史密斯的編法，它不叫「證道文第十五講章」，而是「第126篇：人必有終」。好不容易找到了，卻——同樣沒有〈耶洗別篇〉。再搬出《約翰‧多恩詩全集暨文選》（Nonesuch版），依然少了那段〈耶洗別篇〉；轉而向《牛津英語詩選》求助，再度窮花二十分鐘，因為在這本書裡，既不叫「證道文第十五講章」，也不叫「第126篇：人必有終」……好歹〈耶洗別篇〉總算是找著了，於是開始正襟危坐大聲朗讀……讀到末尾，嘻，又不行了——這本書沒有第二、第三段！所以咯，我若要從頭到尾朗讀一篇完整的證道文，得將三巨冊全攤開，翻到正確的頁面，然後繞著它們來回奔波！

請好心告訴我：一本完整收錄約翰‧多恩證道文的書有那麼難找嗎？我得花多少錢才買得到？

我得去睡了。我會做一個可怕的惡夢——披著道袍的妖魔鬼怪，拎著一把把血淋淋的屠刀——上面分別標示著「段」、「節」、「選」、「刪」等字眼，霍霍朝我追來……

祝好

h.hfffffffffffffff

1960年3月5日

海蓮・漢芙小姐
美國
紐約州，紐約市21
東七十二街305號

親愛的海蓮：

　　我又遲回您的信了，因為我希望能等到有好消息再向您報告。我找到一本蕭伯納與愛倫・泰莉*70的書信集，雖然裝幀不特別吸引人，但書品完好。我想這一次我還是儘快將書寄給您為妙，因為這是一本頗搶手的書，要等到下一本出現，恐怕得花一段時日。扣掉書價的二元六十五分，您的帳戶餘額尚餘五角。

　　關於收錄完整的多恩證道文，恐怕只能在《約翰・多恩作品大全集》中才能找到，而這套書共有四十餘冊，若書況稍好些的也必然所費不貲。

　　我們希望您後來沒耗費太多心神在那本〈巨匠當代文庫〉上，好好地過了一個愉快的聖誕節和新年。

　　諾拉也要祝您一切順遂。

法蘭克上

海蓮‧漢芙　　紐約州，紐約市21，東七十二街305號

1960年5月8日

　　狄‧托克維爾閣下在此致意，宣告他已安然渡抵美利堅。他顧盼滿志地坐談時事，而他的臧否都卓然成理。尤其當他論及「律師治國」時，我只有額手、點頭的份兒。我參加了一個民主黨的小型聚會，前幾天晚上，出席的十四個人裡頭有十一個是律師；回到家在報紙上讀到一堆名人勵志故事——有為青年懷抱鴻鵠之志、力爭上游，終於晉身一國之尊——史帝芬遜*71、韓福瑞*72、甘迺迪*73、史當生*74、尼克森……一整票人除了韓福瑞，全是幹律師的。

　　我附上三塊錢鈔票，這是一本漂亮的書，實在不能算是「二手書」，連書頁都還未裁開哩。我有沒向你說過，我終於找到方便好用的裁頁刀了？這是一把珍珠柄的水果刀，我母親留給我一整打這種刀，我挑了一把擱在案頭的筆筒裡。大概是交遊不力吧，我好像沒有機會請來十二位賓客，讓他們圍坐在餐桌前集體切水果哩。

　　笑口常開

hh

海蓮・漢芙　　紐約州，紐約市21，東七十二街305號

法蘭克？

你還在嗎？

　　我答應自己在找到工作前不再寫信給你的。

　　終於賣了一篇稿子給《哈潑雜誌》。被這篇稿子折騰了三個星期，他們付給我兩百元稿費。現在他們再度向我約稿，要我將生平事蹟寫成一本書，他們將「預付」給我一千五百元！還預估我不用半年就能寫出來，我是無所謂啦，不過房東可又要頭疼了。

　　所以這陣子暫且不能買書了。去年十月，有人介紹我讀聖西蒙公爵路易的書，不過這是一本乏善可陳的節譯本。於是我火速趕往學會圖書館，因為這個圖書館不僅全館開架，還讓我愛借多少就借多少，我在那裡找到貨真價實的路易。現在我已經對他不可自拔。正在讀的這一套是六卷版，昨晚讀到第六卷一半時，一想到等我把書歸還後，家裡就連一本路易也沒有了，這實在令我難以接受。

　　我現在讀的是法蘭西斯・雅克萊的譯本，他的譯筆甚雅。不過我放手讓你挑你信得過的版本。但先別忙著寄來！找到後暫時擱著，先報價，然後再一本一本賣給我。

　　希望諾拉和女孩兒們──還有你、和其他所有認識我的人都一切安好。

　　　　　　　　　　　　　　　　　　　　　　　　海蓮

馬克與柯恩書店
倫敦中西二區查令十字路84號

1961年2月15日

海蓮‧漢芙小姐
美國
紐約州，紐約市21
東七十二街305號

親愛的海蓮：

　　您聽到這個消息一定會很開心：我們店裡正好有一部《聖西蒙公爵回憶錄》，譯者正是雅克萊。六卷全帙，裝幀精良且品相完好。我們將於今天寄給您，大約一、兩個禮拜可望寄達您的手中。這套書的價格約合十八元七十五分，但請勿掛懷書款，您在敝店的付款記錄一向良好。

　　同時，很高興又有了您的消息。我們大家都很好，依然盼望您能到英國一遊。

　　所有人誠心祝福您

法蘭克

海蓮・漢芙　　紐約州，紐約市21，東七十二街305號

親愛的法蘭克：

　　附上「千萬不能掉了」的十元鈔票，它務必平安到達你們手裡。倒不是最近發了什麼橫財，而是路易不讓我留他一個未贖之身。他在法庭上受夠了俗不可耐的賴債痞子，可不希望保持了兩百七十年的清譽毀於一旦。

　　《哈潑雜誌》指派給我的編輯昨晚來家裡吃飯，和我討論「我的生平故事」，於是想起你。我們聊到我曾為電視節目《不朽名人堂》改編蘭鐸的〈伊索與蘿多彼〉（我好像告訴過你了？）——蘭鐸筆下那個天真浪漫的蘿多彼由莎拉・邱吉爾[*75]飾演。這一集節目在某個週日下午播出。就在播出前兩個鐘頭，我翻著《紐約時報》周日書評版，在第三版中有一篇針對波麗・埃德勒關於娼妓業的新書《野花莫如家花香》[*76]的書評，附了一幀照片——一尊希臘的女人頭像，圖說這麼寫著：「蘿多彼——希臘最艷名遠播的娼婦。」蘭鐸本人對此倒並未詳加著墨，許多學者咸稱：蘭鐸筆下的蘿多彼其實就是讓薩福的兄弟千金散盡的眾女子的綜合體。我既非學者，而且多年前死記強背的希臘文語尾變化，我也早忘得一乾二淨啦。

　　我對金（我的編輯）談起這段軼聞，她問我：「蘭鐸到底是何方神聖啊？」我不厭其詳地為她細說從頭——正當我苦心孤詣一頭熱滔滔不絕時，她竟不耐煩地插嘴說：

　　「妳還真的中毒不輕欸。」

唉，這下子你該明白了吧，法蘭克，這個世界上瞭解我的人只剩你一個了。

xx

hh

p.s.金小姐乃中國人是也。

馬克與柯恩書店

倫敦中西二區查令十字路84號

1963年10月14日

海蓮・漢芙小姐

美國

紐約州，紐約市21

東七十二街305號

親愛的海蓮：

　　當您收到維吉妮亞・伍爾芙的《普通讀者》*[77]上、下兩卷時，一定會十分驚喜──它們已在寄往您的路上。如果您還有其他想要的書，我也會傾全力儘速為您服務。

　　我們都很好，仍是活蹦亂跳的。我的大女兒席拉（現在已經二十四歲了）兩年前突然決定改行當老師，便辭掉原來的秘書工作，跑去唸大學了，她還得待在學校一年。看來，要靠兒女供養我們這些老人家頤養天年的日子還有得等哩。

　　　　所有人誠心祝福您

　　　　　　　　　　　　　　　　　　　　　　　　法蘭克

馬克與柯恩書店
倫敦中西二區查令十字路84號

1963年11月9日

海蓮・漢芙小姐
美國
紐約州，紐約市21
東七十二街305號

親愛的海蓮：

　　許久以前您曾詢問過白話版《坎特伯里故事集》，前幾天我們收購了一部，心想您或許仍想買。雖然這並非是收錄所有故事的完整版本，但價格十分便宜而且編寫似乎還算嚴謹。我今天會將它寄給您，書價是一元三十五分。如果您讀了之後，還想要更完整的喬叟作品，我會盡力去找。

法蘭克上

　　行了！白話版的喬叟真是夠了！簡直就像蘭姆的《莎士比亞故事集》嘛——適合學齡兒童閱讀！

　　充其量就是故事嘛，我討厭虛構故事這事兒你是知道的。倒是裡頭描述一個吃相優雅、食不沾手的修女的那段還算有趣，換了我就不行，還是得動刀舞叉才成。其餘內容全引不起我的興趣，我就是不喜歡故事。如果喬叟能留下日記，裡頭規規矩矩記述他在理察三世的皇宮裡當差的經過，那才是我真正該讀的東西，否則我辛辛苦苦學文言文所為何來？

　　最近才剛扔了一本別人送我的書——作者描述奧立佛·克侖威爾時代的社會狀況，天曉得這個自作聰明的傢伙是不是瞎掰，他又不是那個時代的人，哪曉得那個時代的社會狀況？如果我真想瞭解那個時代的社會狀況，大可左閱彌爾頓*78；右讀沃爾頓。這些貨真價實的作品不僅能清楚明白告訴我那個時代的社會狀況，還能引領我神遊其境。

　　君不見沃爾頓嘗曰：「若非身臨現場、親眼目睹，何以讓看倌盡信余言？」

　　這段話說得鏗鏘有力，深得吾心！我堅決擁護「親身經歷」的作者、作品。

　　附上二元支付這本喬叟，這樣我在你們的戶頭裡應該還會有六十五分錢的餘額——比起我的其他任何一個戶頭都多。

XX

h

海蓮・漢芙　　紐約州，紐約市21，東七十二街305號

親愛的法蘭克——

　　我手頭上正在編寫給孩子們讀的歷史教材（已經寫到第四本了，驚訝吧？），忽然想起要幫一位朋友問你：你們有沒有一套蕭伯納全集——他堅稱書名前冠著「定本×××」、暗紅褐色的布面裝幀——希望你有印象。我附上一張清單，上面列的是他已經有的幾本。如果你可以為他補齊其他幾本，先別全部寄來！他會分批購買，他和我一樣——甲級貧戶一個。你們可以直接寄給他，地址就寫在清單上頭。如果你嫌我的字太潦草看不懂的話，那是「第三十二大道」。

　　你可有賽西兒或梅根的消息？

　　祝一切順利

　　　　　　　　　　　　　　　　　　　　　　　海蓮

馬克與柯恩書店

倫敦中西二區查令十字路84號

1964年4月14日

海蓮・漢芙小姐
美國
紐約州，紐約市21
東七十二街305號

親愛的海蓮：

關於您的朋友想要的《定本・蕭伯納作品全集》，原出版社目前仍有新書發行。紅褐色布面精裝──正如您所描述的。我想全套共有三十冊。舊書反而不常見到，如果您的朋友不介意購買新書，我們可以安排對他方便的方式，每個月寄給他三或四冊。

我們這幾年來都沒有賽西兒・法爾的消息；至於梅根・威爾斯，她在南非沒多久就待不下去了，回國後曾到書店來看大家，給了大夥兒一個發「早跟妳說了偏不聽」牢騷的機會。不過她後來又搬去澳洲碰運氣了。前幾年還曾經收到她寄到書店的聖誕卡，最近則又斷了音訊。

諾拉和女孩兒們同我一起寄上祝福──

法蘭克

馬克與柯恩書店

倫敦中西二區查令十字路84號

1965年10月4日

海蓮・漢芙小姐

美國

紐約州，紐約市21

東七十二街305號

親愛的海蓮：

很高興再度收到您的來信。是的，我們都還健在如昔——老態益發龍鍾；工作更加忙碌；口袋卻沒能加倍飽滿。

我們購入了一本E・M・戴勒菲爾德*79的《村姑日記》，一九四二年的麥克米蘭版，書品很好，定價二元。今天我會將書及帳單為您寄去。

我們渡過了一個「青春洋溢」的夏天——今年的遊客比往年更多，大批年輕人全湧向咖納比街*80朝聖。我們只能老遠隔著安全距離打量著他們。老實說，我還蠻喜歡披頭四的，只希望他們的歌迷們不要放聲尖叫。

諾拉和女孩兒們同我一起寄上祝福——

法蘭克

海蓮‧漢芙　　紐約州，紐約市21，東七十二街305號

1968年9月30日

我們都仍健在，可不是嗎……

　　我為兒童編寫美國歷史讀物已經長達四、五年，得將這玩意兒告一段落了——為了寫這些書，我自己還買了一大堆關於美國歷史的書，全都是長相醜、裝釘差的美國書。我想，大概沒有哪個循規蹈矩的英國人會把詹姆斯‧麥迪遜[81]的制憲會議記錄、或是Ｔ‧傑佛遜[82]寫給Ｊ‧亞當斯[83]的書信收藏在家裡頭吧。

　　你當上祖父沒？告訴席拉和瑪莉，她們的小孩都將免費獲贈作者簽名的《少年歷史讀本》，這樣子應該能讓她們比較願意安定下來增產報國了吧。

　　我挑了一個細雨霏霏的星期天介紹一位年輕朋友讀《傲慢與偏見》，她現在果然已經瘋狂迷戀珍‧奧斯汀了。她的生日就在萬聖節前後，你能幫我找幾本奧斯汀的書讓我當禮物送她嗎？如果是一整套的話，先讓我知道價錢，萬一太貴，我會叫她的先生分攤，我和他各送半套。

　　祝諾拉和你周圍所有人好

海蓮

馬克與柯恩書店
倫敦中西二區查令十字路84號

海蓮・漢芙小姐
美國
紐約州，紐約市21
東七十二街305號

親愛的海蓮：

　　是的，我們依然健在，手腳也還勉強靈光。這個夏天真是把大家忙壞了，從美國、法國、北歐和其他各國來的大批觀光客，幾乎把我們比較好的皮面精裝書全都搜刮一空。由於書源短缺，加上書價節節攀升，恐怕很難趕在您的朋友生日前找到任何奧斯汀的書，我們會設法在聖誕節之前為您辦妥這件事。

　　諾拉和女孩兒們都很好。席拉已經開始執起教鞭；瑪莉則和一位人品不錯的男生訂了親——不過一年半載的還結不成婚，因為雙方的經濟條件都不太寬裕。所以，諾拉一心想當個福福泰泰的祖母，這希望恐怕愈來愈渺茫呢。

想念您
法蘭克

馬克與柯恩書店
倫敦中西二區查令十字路84號

1969年1月8日

海蓮‧漢芙小姐
美國
紐約州，紐約市21
東七十二街305號

敬愛的漢芙女士：

　　我於近日整理公文檔案時，偶然發現一封您於去年九月三十日寄給鐸爾先生的信。我在此非常遺憾地向您報告：鐸爾先生甫於上上個禮拜天（十二月二十二日）去世了。而葬禮則已在上週三（元月一日）舉行。

　　鐸爾先生於十二月十五日因罹患急性盲腸炎被緊急送醫，雖然立即施行手術，但他仍不幸因病情擴散，導致腹膜炎併發而於一週後不治。

　　鐸爾先生在本書店服務已超過四十年，加上馬克先生也剛辭世未久，柯恩先生對於這個不幸的事件自然萬分悲慟。

　　您是否仍需本店為您尋找珍‧奧斯汀的書？

馬克與柯恩書店
秘書
瓊安‧托德誠摯敬上

（未署明日期，郵戳日期為1969年1月29日。無發信地址）

親愛的海蓮：

感謝您寄來的慰問信，我完全不認為那冒犯了我。我真希望您在法蘭克在世時能夠與他見面，並親自結識他本人。我原先只知道他是一個處事嚴謹同時也很幽默的人；現在還瞭解了他在待人處事上更是一位謙沖的君子，我收到許許多多來自各地的信，都異口同聲地讚揚他對古書業的貢獻；許多人還說他是如何飽富學識而又不吝於與其他人分享……如果您想要看這些信，我可以將它們寄給您。

不瞞您說，我過去一直對您心存妒忌，因為法蘭克生前如此愛讀您的來信，而你們倆似乎有許多共通點；我也羨慕您能寫出那麼好的信。法蘭克和我卻是兩個極端不同的人，他總是溫和有耐性；而因為我的愛爾蘭出身，我的脾氣總是又倔又拗。生命就是這麼愛捉弄人，他從前總是試圖教導我書中的知識……我現在好想念他。

孩子們都很懂事，我為此深感欣慰。像我這樣要一輩子孤寂以終的人想必大有人在罷。

希望您能原諒我的字跡潦草。

祝福您
諾拉

我盼望有一天您還是能來造訪我們，兩個孩子都很想見見您。

親愛的凱薩琳——

　　我正在整理我的書架，現在抽空蹲在書堆中寫信給妳，祝你們一路順風。我希望妳和布萊恩在倫敦能玩得盡興。布萊恩在電話裡對我說：「如果妳手頭寬裕些就好了，這樣子妳就可以跟我們一道去了。」我一聽他這麼說，眼淚差點兒忍不住奪眶而出。

　　大概因為我長久以來就渴望能踏上那片土地……我曾經只為了瞧倫敦的街景而看了許多英國電影。記得好多年前有個朋友曾經說：人們到了英國，總能瞧見他們想看的。我說，我要去追尋英國文學，他告訴我：「就在那兒！」

　　或許是吧，就算那兒沒有，環顧我的四周……我很篤定：它們已在此駐足。

　　賣這些好書給我的好心人已在幾個月前去世了，書店老闆馬克先生也已經不在人間。但是，書店還在那兒，你們若恰好路經查令十字路八十四號，代我獻上一吻，我虧欠它良多……

海蓮

自蔣

1969年10月

倫敦北十一區
溫頓道
1969年10月

親愛的海蓮：

　　這是鐸爾家族第三號通信員首次發言！

　　首先，我要對我們長時間的靜默向您致歉。請相信我，其實我們心中一直惦記著您，只是不知如何將這樣的意念用文辭表達。直到今天我們又收到您的來信，我們都感到萬分慚愧，並決定應該立刻動筆回信給您。

　　我們很高興得知您的出版計劃，也同意並很願意提供這些信件供您作為出書之用。

　　我們現在搬到了可愛的新家，心裡頭常常會想著：如果父親現在依然健在的話，一定也會喜歡這兒的。

　　再多的悲慟亦無濟於事。雖然父親生前從未擁有財富、權勢，但他始終是一個快樂自得又具有豐富內涵的人，我們應該以擁有一位這樣的親人而深感欣慰。

　　也許只是為了沖淡愁思，我們都儘量讓自己忙碌著。瑪莉白天在大學圖書館辛勤工作，晚上則和朋友開車出遊散心，深夜方歸；我除了正常的教職外，還兼修一個學位；媽媽則整天忙上忙下，一刻也不教自己閒下來！所以，恐怕大家都無法好好地回信——不過，當然我們會很高興能繼續收到您的來信。無論如何，只要有空，我們還是會努力回信的，並期盼能再有您的消息。

席拉誠摯敬上

譯註：

1. 查令十字路（Charing Cross Road）——雖然的確貫穿數個「十字路口」，卻無關乎「十字路」。此路名源自「查令十字」（Charing Cross）——十三世紀末，英王愛德華一世（Edward I of England, 1239-1307，在位期間1272-1307）為悼念愛妻艾琳諾皇后（Eleanor of Castile, 1246-1290），在其出殯行列沿途（自諾丁罕到西敏寺）架設了十二座石造十字架。一八六五年，建築師艾德華·巴利（Edward Middleton Barry）仿製其中一座，矗立於前一年新開業的英格蘭東南區鐵路終站（即現在的查令十字車站）前庭。因為交通匯集，查令十字遂成為近代倫敦的發展中樞。

早在十八世紀，約翰生（Samuel Johnson, 1709-1784）即曾預言：「人類生活的潮流盡在查令十字。」以查令十字車站為端點向北延伸的查令十字路（前端為一小段聖馬丁街；至牛津街起銜接托登罕路），沿途有櫛比鱗次的書店、出版社；加上鄰近的柯芬園劇院區、艷名遠播的蘇活區、餐館林立的唐人街，此處長期是倫敦人的文娛重鎮。雖然現在仍有不少新、舊書店座落於此，但因舊書來源漸趨枯涸、大型連鎖書店大舉進駐，查令十字路古舊書業近年來已大為褪減，當年一片榮景漸不復見。不過，此處依然是前往倫敦淘書的首選之地。

「馬克與柯恩書店」起初在老孔普頓街（Old Compton Street）開業，曾先後移往查令十字路108、106號；一九三〇年遷至查令十字路84號。馬克與柯恩書店除了經營一般古舊書籍外，其對狄更斯相關書籍收羅之豐沛，當時無其他書店能及。一九七〇年，該書店因主事者陸續亡故而歇業。其店面後來一度由「柯芬園唱片行」承接，現在成為一家雞尾酒吧。店門口外還鑲著一面銅鑄圓牌，上頭鐫著：「查令十字路84號，因海蓮·漢芙的書而舉世聞名的馬克與柯恩書店原址。」

無數愛書人因為漢芙的這本書，更加緬懷查令十字路書街上曾經有過的璀璨時光。直到今天，每年都有許多讀者從世界各地來到倫敦，踩上這條街、站在早已不復存在的書店門口，憑弔這段綿延二十年、橫跨大西洋的動人情誼。美國密西根州穆尼辛市甚至有一家二手書店命名為「查令十字路84號，咦？」（84 Charing Cross Road, EH?）。

2. Saturday Review of Literature——由亨利·塞德·坎比（Henry Seidel

Canby）、克里斯多佛・摩利（Christopher Morley）、艾米・羅夫曼（Amy Loveman）與羅絲・班奈特（Rose Benèt）於一九二四年共同創辦的文藝週刊。一九五二年起改稱《星期六評論》，內容則擴大涵括更多文字以外的藝術類型、媒體與社會評論。 長年以來，外界都認為它的靈魂人物是總編輯諾曼・庫辛（Norman Cousins），從一九四〇年起他就一直主導這份刊物的風格走向；後來更兼任發行人，直到一九七八年。

3. Barnes and Noble——雖然現在儼然是雄霸一方的大型連鎖書店，一八七三年創業的邦斯與諾伯書店，初期是以經營新舊教科書起家。直到二次大戰後初期，邦斯與諾伯仍是一爿賣課本、廉價書的鋪子。

4. 威廉・哈茲里忒（William Hazlitt, 1778-1830）——英國散文作家兼評論家。早年潛心繪畫，後來轉移志業至寫作。除了政論及劇評之外，他創作了大量優美的散文，這些散文被編成兩個有名的文集：《席間雜談》（Table Talk, 1821）與《直言集》（Liber Amoris, 1823）；其他主要著作有：《莎士比亞戲中人物》（The Characters of Shakespeare's Plays, 1817）、與李・杭特共著的《圓桌對論》（The Round Table, 1817）、《英國劇場之我見》（A View of the English Stage, 1818）、《英國詩人綜論》（Lectures on the English Poets, 1818）與集其思想大成、打動人心的《時代精神》（The Spirits of the Age, 1825）。生平著作編成《哈茲里忒全集》十三卷，於一九〇二至一九〇三年出版。他目前被公認為是英國散文大家。

5. Nonesuch Press——由曼德女士（Miss Mendel）、大衛・嘉內（David Garnett）與法蘭西斯・梅奈爾爵士（Sir Francis Meynell）於一九二三年創立的出版社。其宗旨為：將機械過程與手工精製適度結合以降低成本——但仍盡力維持高水準的裝幀品質，並將產品透過一般書籍銷售管道，以合理價格出售。每一本書的美術設計皆由梅奈爾爵士擔綱。此出版社於二次大戰期間曾中止業務，一九五三年以四卷版的莎士比亞作品集重新開始營業，該出版社的最後一本書出版於一九六八年。

6. Virginibus Puerisque——羅勃・路易斯・史蒂文生（Robert Louis Stevenson, 1850-1894）一八八一年出版的散文集。是他與芬妮・奧斯本（Fanny Osburne）在美國完婚回到蘇格蘭，一連串書籍問世的第一本。

7. Leigh [James Henry] Hunt, 1784-1859——英國新聞記者、散文作家、詩人暨政論家。一八○八年創辦《觀察者報》（Examiner）因主張廢止奴隸買賣、改革議會等進步主張，涉及以言論攻擊攝政王儲（後來登基為喬治四世）而下獄，當時被公眾視為爭取言論自由的英雄。他與濟慈、雪萊的交遊亦是文壇佳話。他的雄健論述具洞察力與可讀性，相對地，他的詩作反而相當幽微、細膩。主要著作有：《拜倫及其同時代諸君》（Lord Byron and Some of His Contemporaries, 1828）、詩集《蕾米尼的故事》（The Story of Rimini, 1816）與膾炙人口的《自傳》（Autobiography, 1850）。

8. madam——在某些場合暗指老鴇。

9. 華特·薩瓦吉·蘭鐸（Walter Savage Landor, 1775-1864）——英國作家。曾就讀名校拉格比公學與牛津大學，但皆因與校方意見不合而輟學。而他火爆的脾氣與對人的慷慨熱情，亦義結許多文壇友人。他精通羅馬文學，許多著作都以拉丁文書寫。作品有抒情詩、劇本、英雄史詩，最主要的著作為《假想對話錄》（Imaginary Conversations, 1824-53），書中假藉古代人物兩兩對談，泛論各種主題，以古喻今。

10. Aesop, ca.6 B.C.?——希臘寓言作家，原為奴隸，獲得自由後定居希臘。常假借動物擬人行徑作道德訓示。

11. Rhodpe, ca.6 B.C.?——希臘寓言故事中的著名娼妓。

12. 《通俗拉丁文聖經》（Vulgate）——天主教徒使用的拉丁文聖經。西元三八二年教皇達馬蘇（Pope Damasus, 366-384）指派修士聖桀洛姆（St. Jerome）根據當時坊間充斥駁雜的各種流通本進行整編，以作為教會定本。桀洛姆援引希臘文與希伯來文原稿，以優美流暢的文筆翻譯成拉丁文。此工程歷時二十餘年，至西元四○五年告成。此後數百年間，各種修訂本仍不斷出現，包括此處被漢芙罵不絕口、由英格蘭傳道會自行編譯的版本。

13. 約翰·亨利·紐曼（John Henry Newman, 1807-1890）——英國神學家，原為英國基督教聖公會內部牛津運動領導人。後改皈天主教並成為天主教會領袖。

14. Lent——復活夜之前(扣除星期日)四十天。

15. 湯瑪仕・懷亞特(Sir Thomas Wyatt, 1503?-1542)——英國詩人。將義大利的十四行詩、三行連環韻詩體,與法國的迴旋詩引介到英國。曾在英王亨利三世治下擔任多次公職。他的詩作個性濃烈,影響諸多十六、十七世紀作家。

16. 班・瓊森(Ben Jonson, 1574-1637)——英國劇作家兼詩人。咸認為是依莉沙白一世與詹姆斯一世時期僅次於莎士比亞的傑出劇作家。除了大量劇作之外,他的抒情詩亦頗受推崇。

17. 阿瑟・奎勒-庫奇(Sir Arthur [Thomas] Quiller-Couch, 1863-1944)——英國學者,長年執教於劍橋,著作時慣用筆名「Q.」。他最為人稱道的成績是編纂了許多精湛的文集,包括歷久不衰的《牛津英語詩選》(Oxford Book of English Verse, 1900)、《牛津歌集》(Oxford Book of Ballads, 1910)、《牛津英語散文選》(Oxford Book of English Prose, 1925)等。

18. 約翰・多恩(John Donne, 1572-1631)——英國玄學派詩人、散文家兼神學家、宣道人。多恩出生於倫敦富裕的天主教家庭,曾就讀牛津大學並在倫敦修習法律。曾參與遠征西班牙和掠奪西班牙船隊的冒險活動。一五九八年擔任行政大臣埃格頓爵士(Sir Thomas Egerton)的私人秘書,同時皈依英國國教,一六○一年進入國會。在此期間,他仿古羅馬詩體寫了許多詩歌。同年他與莫爾爵士的女兒安妮祕密結婚,不僅遭受女方家長反對,亦觸犯當時的法律,他因此一度下獄並遭上流社會排斥多年。但他於一六一○年所寫的宗教文集《假殉道者》(Pseudo-Martyr)為維護國教和王權辯護,受詹姆斯一世賞識,此後他在宗教界的地位逐漸提高。一六一五年他正式出任宗教職務,不久後晉升為御前牧師。一六二一年擔任聖保羅大教堂教長並在此講道多年,而氣勢磅礴、雄邁激昂的講道稿現存一百六十餘篇。他的詩作在當時膾炙人口,於他歿後九十年間多次再版。但十八世紀時,他的詩不再為人欣賞。十九世紀初,有識見的讀者再度承認他的詩才。到了二十世紀,不僅詩作,甚至他的講道稿都引起文學界的極大重視。

19. 指依莉沙白一世（Elizabeth I of England, 1533-1603）遭前任女王、同父異母的姊姊瑪麗一世（Mary I of England, 1516-1558）迫害、監禁的一段史實。

20. India paper——原指產自東方（特別是中國）的一種質鬆、富吸水性的宣紙，原本多用於版畫印樣。後來，英格蘭造紙業以纖麻為原料改良製成既薄且不透明的印刷用紙，或稱作「聖經紙」。近世多使用於沒有插圖而字數、篇幅龐大的書籍以控制體積、頁數，如全集、辭典或百科全書。現存最早一部以這種紙張印製的書籍為一七九五年至一七九六年間由印刷工老查爾斯·懷廷罕（Charles Whittingham the elder）出品的《詩篇新編》（New version of the Psalms）。

21. Norfolk——位於英格蘭東岸。

22. Middlesex——位於倫敦北郊。

23. 山繆·佩皮斯（Samuel Pepys, 1633-1703）——英國海軍行政官。他在海軍任職期間，建立了紀律、效率與質量均優的制度，使英國海軍的實力增強了一倍。他退休後與科學家牛頓、文學家德萊頓等學者名流交遊甚密，書信往來頻繁。使佩皮斯立名文壇的則是他以速記體撰寫的日記，忠實記述他二十七歲至三十六歲（1660-1669）之間的瑣碎歷程。全書共分六卷，洋洋一百二十五萬字。此日記特點為作者毫不掩飾自己的缺點及過失，對於自身生活上的虛榮、吝嗇事蹟均誠實記載；加上以洗練的文筆，描述王政復辟、查理二世加冕大典、鼠疫爆發、倫敦大火等事件，使此書成為繼《聖經》、鮑斯威爾的《約翰生傳》之後，當時英語世界的最佳床邊讀物。

24. Clarendon's Rebellion——完整書名為The History of the Rebellion and Civil Wars in England（一七〇二年首版）。為英國史學家克拉倫登伯爵（the first earl of Edward Hyde Clarendon, 1609-1674）嘔心瀝血的歷史鉅著，詳實記述一六四二至一六四八年間的慘烈內戰。雖然克拉倫登曾前後在查理一世及二世公中擔任樞密顧問與財政大臣；其女嫁予約克公爵（後登基為詹姆斯二世）；兩位孫女亦先後成為英國女王，但克拉倫登生前與當權派的矛盾日漸加劇，他於一六六七年十一月亡命法國，在當

地完成了前述書，並寫了記述一生政治歷程的自傳《我的一生》（Life, 1759），於死後多年方得問世。

25. Sir Roger de Coverley——為理察‧史迪爾（Sir Richard Steele, 1672-1729）根據北英格蘭鄉土歌謠中的人物塑造，後經約瑟夫‧阿迪森（Joseph Addison, 1672-1719）增色潤飾的一名虛構角色。是一個綜合了滑稽、鄉愿、好大喜功的鄉紳典型人物。阿迪森與史迪爾以此為主人翁寫出許多諷刺故事，多發表在阿迪森所屬的《窺伺報》（The Spectator, 1711-1714）中。

26. 菲利普‧切斯特菲爾德（4th earl of Philip Dormer Stanhope Chesterfield, 1694-1773）——英國政治家、外交家。以激勵人心的動人書信享譽於文壇。

27. 奧立佛‧哥爾德史密斯（Oliver Goldsmith, 1730-1774）——愛爾蘭裔詩人、小說家、散文家兼劇作家。同時代人均認為他多才多藝，精於各種文體。但他在社交圈卻是出了名的怪僻、虛榮又笨拙。為他贏得最大讚譽的是小說《威克菲爾德牧師》（The Vicar of Wakefield, 1766）以及劇本《委屈求全》（She Stoops to Conquer, 1773）。

28. 奧斯汀‧達伯森（[Henry] Austin Dobson, 1840-1921）——英國詩人、批評家兼傳記作者。詩作以圓融、雋永、婉約著稱；並曾為亨利‧費爾丁（Henry Fielding, 1707-54）、理察‧史迪爾、奧立佛‧哥爾德史密斯、羅勃‧沃波爾（Robert Walpole, 1676-1745）、霍加斯、理察森（Samuel Richardson, 1689-1761）等名人立傳。

29. William Hogarth, 1697-1764——英國畫家。擅長觀察生活、臨摹人物，在肖像畫、風俗圖和歷史畫方面有卓越貢獻。他所作的大量以市井階級為描繪對象的風俗圖，現在成為探究當時庶民生活的極佳參考資料。他亦熱愛文藝，並對當時的藝術理論提出相當多見解。瑪莘在此所謂「霍加斯式的鼻子」，大抵是指寬闊、飽滿的鷹鉤鼻。

30. George Cruikshank, 1792-1878——英國插畫、諷刺漫畫家。經常在當時的政論刊物上發表激進的政治漫畫，諷喻政界、宗教圈、皇室、名流於畫中。一八二〇年起他開始為文學書籍、兒童讀物繪製插圖，作品數量豐

富，據估計由他繪製插圖的書籍多達八百五十種以上；同時他亦是最早在兒童書上繪製幽默、生動插畫的畫家之一。

31. Arthur Rackham, 1867-1939──英國插畫家。作品風格秀麗、典雅，擅長描繪如詩如夢般的幻想場景。他的插畫傑作出現在《格林童話》（1900）、《仲夏夜之夢》（1908）、《尼柏龍根的指環》（1910-11）、《暴風雨》（1926）、《皮爾金》（1936）、狄更斯的《耶誕歌聲》、沃爾頓的《垂釣者言》……等。

32. 萊斯利·華德（Sir Leslie Ward, 1851-1913）──英國插畫、肖像畫家。一八七三年起以筆名Spy為《浮華世界》（Vanity Fair）雜誌繪製插圖。

33. Knightsbridge──倫敦的心臟地帶，北鄰海德公園和肯辛頓花園。境內有無數歷史建築與重要設施，如皇家音樂學院、皇家藝術學院、國家聲音檔案館、肯辛頓宮、皇家亞伯演藝廳和哈洛德百貨公司，屬倫敦的高級地段。

34. Ellery Queen──美國推理小說家（Fredric Dannay與Manfred Lee）的共同筆名。自一九二八年的長篇小說《羅馬帽子的祕密》伊始，以每年一至二部推理作品的速度，活躍直至七〇年代；並跨足製編雜誌、廣播劇及電視影集。

35. John [Arthur] Gielgud, 1904-2000──英國老牌演員，初以莎士比亞舞台劇出道，是當年英國演藝圈的小生；晚年亦參與電影演出。一九五三年被冊封為爵士。

36. 漢芙在此列出幾個倫敦的著名景點：四法學院（Court of Inns）、梅菲爾（Mayfair）、環球劇院（Global Theatre）。

37. 《倫敦組曲》（The London Suite）──為艾瑞克·柯茨（Eric Coates, 1886-1957）於一九三三年所譜寫。根據漢芙在此所描述，應是指其中的〈騎士橋進行曲〉（Knightsbridge March）樂章，此段旋律亦長期作為英國國家廣播公司（BBC）的廣播節目《今夜城中》（In Town Tonight）的台呼配樂。想必當時漢芙時常收聽這個節目。

38. 英國海軍中將威廉·佩恩爵士（Sir William Penn, 1621-70）之子，亦名

威廉・佩恩（William Penn, 1644-1718）。英國教友派領袖兼賓夕法尼亞殖民地創建者。早年習法，三度以叛教之罪被捕下獄。

39. Richard Lord Braybrooke——英國文學史家。這裡所指的應為一八八二年出版，由布瑞布魯克註解的五卷本《佩皮斯日記》。

40. Joseph Hilaire Belloc, 1870-1953——英國散文家、小說家，作品充分顯示歷史研究的精練。其文風甚受紐曼薰染，四卷本《英國史》、《羅馬道途》是他的扛鼎之作，記述徒步在歐陸的旅行；他同時以研究克侖威爾和沃爾頓著稱。

41. Grolier Bible——由法國藏書家、裝釘師尚・葛羅里亞（Jean Grolier de Aguisy, 1479-1565）發展出來的一種裝幀風格，以幾何排列的燙金線條鑲飾在皮裝封面上。以這種方式裝幀的書籍現今已成為古籍市場中的珍品。

42. Konstantin Stanislavski, 1863-1938——俄國演員、導演、莫斯科藝術劇院創始人，以革新二十世紀表演理論著稱。

43. Bretano's——紐約市內歷史悠久的書店，與B&N一樣，如今也是遍佈全美國的連鎖書店。較值一提的是位於第五大道上的總店，原址為Scribner父子（出版海明威、費滋傑羅等人首部作品的出版商）出版公司與書店所在地。這是一幢新藝術風格的優美建築，由著名建築師Ernest Flagg（1857-1947）設計興建（一九一三年），是現今紐約重要的人文地標之一。

44. Izaak Walton, 1593-1683——英國傳記作家。雖所受教育不多，但他自行博覽群籍並廣結文友。因寓所鄰近聖鄧斯坦教堂，他積極從事教區事務，因而成為約翰・多恩的摯友與釣伴。他以垂釣的經驗，加上對人生的體察，寫成雋永的不朽名著《垂釣者言，或沈思者的逸趣》（The Compleat Angler, or the Contemplative Man's Recreation, 1653），至二十世紀中葉，此書至少再版了三百五十次。另一部著名作品則是他陸續為同時代的名人約翰・多恩、亨利・伍騰爵士（Sir Henry Wotton, 1568-1639，英國外交家、詩人）、理查・胡克（Richard Hooker, 1553-1600，英國神學家）、喬治・赫伯特（George Herbert, 1593-1673，宗教

家、詩人）與羅伯‧山德森主教（Bishop Robert Sanderson）等人所作的傳記（1640-1678），後來集結為《五人傳》（Lives）出版。

45. Loeb Classics——美國銀行家兼學者James Loeb（1867-1933）放棄繼承銀行祖業投入古典文學出版的傑作。前後約出版四百種古典文學作品，此版本的特色是以原文（希臘文、拉丁文……等）對照印行，對於研究西方上古文藝助益頗大。

45. Horace——全名為Quintus Horatius Flaccus（65-8BC）。羅馬詩人，以政治諷喻詩和情詩見長。有四卷本《抒情詩集》傳世。

47. Sappho, 612BC-?——希臘女詩人，出生、定居於雷斯布島（Lesbos），除了在西西里島渡過幾年之外，一生不曾離開故居。她詩風大膽奔放、音律優美，自古以來即享有極高評價。

48. Gaius Valerius Catullus, 87-54BC？——羅馬抒情詩人，出生於佛隆納（Verona），年輕時即赴羅馬發展，以其鮮麗詩風很快地風靡當時詩壇。

49. Tristram Shandy——全名為The Life and Opinions of Tristram Shandy, Gentleman。英國牧師兼小說家Laurence Sterne（1713-1768）的小說傑作（出版於1759-1767）。

50. 埃德萊‧史帝文生（Adlai Ewing Stevenson, 1900-1965）——一九五二年於伊利諾州州長任內（1949-1953）為民主黨角逐第三十四任美國總統，於該次大選中敗給艾森豪，連續二十年的民主黨籍總統連任紀錄就此終結。一九五六年捲土重來再度落選。

51. 依莉沙白二世於一九五三年六月2日登基，加冕典禮於西敏寺舉行 。

52. Count Alexis [Charles Henri Maurice Clerel] de Tocqueville, 1805-1859——法國歷史學家，對於民主制度的原理及操作有獨到見解。

53. Sir Richard [Francis] Burton, 1821-1890——英國探險家暨文化學者，並曾寫作三十餘部遊記。他對東方（特別是中、近東）文明的切身體驗，對於迻譯並向西方介紹阿拉伯文學作品（包括《一千零一夜》）有重大貢獻。

54. Leonard Smithers——英國古典學者。

55. Old Vic——專門演出莎劇的英國劇團，一八一八年在倫敦首次公演，並成為國家劇院的核心班底。一八三三年國家劇院改名為維多利亞皇家劇院，而後大家仍膩稱為「老維克」。

56. Benjamin Jowett, 1817-1893——英國古典學者。重要的功業為譯介了《柏拉圖對話錄》、亞理斯多德的《政治學》、柏拉圖的《理想國》等西方經典。

57. Kenneth Grahame, 1859-1932——英國散文家、童書作家。他寫的《柳林風聲》（The Wind in the Willows, 1908）已成為兒童文學的經典作品。

58. Ernest Howard Shepard, 1879-1976——英國插畫家。傳世作品為《小熊維尼》（Winnie-the-Pooh）、《柳林風聲》（The Wind in the Willows）的插圖，薛柏在書中所創造的角色造型至今仍流行不輟。

59. Stratford-upon-Avon——在英格蘭中部沃立克郡內，莎士比亞故居。

60. 指莎士比亞（William Shakespeare）。

61. Brian Robb——英國插畫家。傳世作品有《伊索寓言》、《孟喬森男爵的十二趟冒險之旅》（12 Adventures of the Celebrated Baron Munchansen）等通俗讀物的插圖。

62. Uncle Toby——《崔斯特朗・樹蒂》書中主人翁崔斯特朗的叔父。

63. Essays of Elia——英國隨筆作家蘭姆（Charles Lamb, 1775-1834）以筆名伊利亞寫出的散文傑作。初刊登於《倫敦雜誌》（London Magazine），一八二三年起集結出版。

64. Miniver Cheevy——美國詩人Edwin Arlington Robinson（1869-1935）一九一〇年的作品《The Town Down the River》中的人物。

65. Sir Walter Raleigh, 1552?-1618——英國探險家、詩人、散文家。受依莉沙白一世寵愛的廷臣。

66. Beowulf——《貝奧武甫》為出現於約八世紀，以古英文（盎格魯－撒克遜語）寫成的史詩。

67. Ezekiel——猶太王約雅斤時期的著名先知與祭司。公元前六世紀,他與約雅斤一同被擄往巴比倫,在迦巴魯河畔流亡達二十年,期間仍信仰不移,並透過預言向受難同胞宣稱:堅信上帝必能得救。見《聖經:以西結書》。

68. Arcangelo Corelli, 1653-1713——義大利人,巴洛克時期小提琴家兼作曲家。曾創作許多弦樂奏鳴曲。

69. Jezebel——西頓王謁巴力的女兒,以色列國王亞哈的妻子。她利用權勢推動異教,迫害信主的教徒,種種倒行逆施。耶戶篡位為王後,下令將她自宮樓擲下,收屍時只找到她的頭骨、腳與手掌,其餘部位均如先知以利亞所言:被野狗吃光。見《聖經:列王紀上》第十六章。

70. Ellen Terry, 1847-1928——英國女演員。一八九〇年代她與蕭伯納之間的長年魚雁往返是當年的文壇佳話。

71. 另一位埃德萊·史帝芬遜(Adlai Ewing Stevenson, 1835-1914)。美國政治家,最高職務為副總統(任期1893-1897)。

72. Hubert Horatio Humphrey, 1911-1978——美國政治家,一九六五年至一九六九年擔任副總統;一九六八年為民主黨總統候選人。

73. John Fitzgerald Kennedy, 1917-1963——美國第三十五任總統(任期1960-1963)。

74. Harold E. Stassen, 1907-2001——美國政治家。一九三八年當選明尼蘇達州有史以來最年輕的州長。一九九二年九度角逐總統仍告失利。

75. Sarah Churchill——英國演員。前英國首相溫斯頓·邱吉爾之女。

76. A House Is Not a Home——五〇年代曼哈頓著名的淫媒Polly Adler(1900-1962)回顧一生煙花的自傳,是當年的暢銷書之一。

77. The Common Reader——維吉尼亞·伍爾芙(Virginia [Adeline] Woolf, 1882-1941)的文藝評論、散文集(1925、1932)。

78. John Milton, 1608-1674——英國詩人。早期主要的詩作有《快樂者》(Allegro)、《幽思者》(Denseroso, 1632)等。後因滿腔熱血而投入內戰,其間近二十年未曾動筆。一六五二年雙目失明,王政復辟後曾隱居。

然後投入敘事長詩的寫作，寫出《失樂園》（Paradise Lost）；而後又寫出了《復樂園》（Paradise Regained, 1674）。他倍受後世推崇，被譽為僅次於莎士比亞的偉大詩人。

79. E. M. Delafield——英國閨秀作家Elizabeth Monica Dashwood（1890-1943）的筆名。

80. Carnaby Street——六〇年代倫敦市內青、少年聚遊的街道，許多以年輕人為定位的流行服飾、化妝品品牌由此發跡，如：瑪麗關（Mary Quant）等。其地位大約相當於現今日本的原宿或台北的西門町。《牛津英文辭典》對「咖納比街」的定義如下："Carnaby Street" as meaning "fashionable clothing for young people"。

81. James Madison, 1743-1826——美國第四任總統（任期1809-1817），起草並籌組憲法會議，被譽為「美國憲法之父」。

82. Thomas Jefferson, 1743-1826——美國第三任總統（任期1801-1809），《獨立宣言》主要起草人之一。

83. John Adams, 1735-1826，美國首任副總統，後成為第二任總統（任期1797-1801），《獨立宣言》起草委員之一。

藍小說⑥⑤

查令十字路84號

作　　者＝海蓮·漢芙
譯　　者＝陳建銘
主　　編＝葉美瑤
編　　輯＝邱淑鈴
校　　對＝陳建銘、邱淑鈴
責任企畫＝蔡若津

董 事 長＝趙政岷
出 版 者＝時報文化出版企業股份有限公司
　　　　　108019 台北市和平西路三段二四〇號四樓
　　　　　發行專線－（〇二）二三〇六－六八四二
　　　　　讀者服務專線－〇八〇〇－二三一七〇五·（〇二）二三〇四－七一〇三
　　　　　讀者服務傳真－（〇二）二三〇四－六八五八
　　　　　郵撥－一九三四四七二四時報文化出版公司
　　　　　信箱－一〇八九九臺北華江橋郵局第九九信箱
時報悅讀網＝http://www.readingtimes.com.tw
電子郵件信箱＝liter@readingtimes.com.tw

印　　刷＝絋億印刷有限公司
初版一刷＝二〇〇二年一月二十八日
二版一刷＝二〇〇二年六月十日
二版四十四刷＝二〇二三年九月五日
定　　價＝新台幣160元

時報文化出版公司成立於一九七五年，
並於一九九九年股票上櫃公開發行，於二〇〇八年脫離中時集團非屬旺中，
以「尊重智慧與創意的文化事業」為信念。

ISBN 978-957-13-3589-4

Printed in Taiwan

編號：AI0065	書名：**查令十字路84號**

姓名：　　　　　　　　　　**性別：**　　　　　　（1）男（2）女

出生日期：　　年　　月　　日　　**身份證字號：**

　　　　　學歷：（1）小學（2）國中（3）高中（4）大專（5）研究所（含以上）

　　　　　職業：（1）學生（2）公務（含軍警）（3）家管（4）服務（5）金融

　　　　　　　　　（6）製造（7）資訊（8）大眾傳播（9）自由業（10）農漁牧

　　　　　　　　　（11）退休（12）其他

地址：　　　　縣（市）　　　　　　鄉鎮區　　　　　村　　　　里

　　　　　鄰　　　　路（街）　　段　　　巷　　　弄　　　號　　樓

　　郵遞區號　　　　　　　　　

（下列資料請以數字填在每題前之空格處）

　　　　　您從哪裡得知本書／
　　　　（1）書店　（2）報紙廣告　（3）報紙專欄　（4）雜誌廣告　（5）親友介紹
　　　　（6）DM廣告傳單　（7）其他　　　　　　　　　

　　　　　您希望我們為您出版哪一類的作品／
　　　　（1）長篇小說（2）中、短篇小說（3）詩（4）戲劇（5）其他　　　　　

　　　　　您對本書的意見／
　　　　內　　容／（1）滿意　（2）尚可　（3）應改進
　　　　編　　輯／（1）滿意　（2）尚可　（3）應改進
　　　　封面設計／（1）滿意　（2）尚可　（3）應改進
　　　　校　　對／（1）滿意　（2）尚可　（3）應改進
　　　　翻　　譯／（1）滿意　（2）尚可　（3）應改進
　　　　定　　價／（1）偏低　（2）適中　（3）偏高

　　　　　您的建議／